U0565845

路翎
小传

路翎(1923—1994),原名徐嗣兴,江苏苏州人。

1940年,首次以"路翎"为笔名在《七月》发表小说《"要塞"退出以后——一个年轻"经济人"底遭遇》,也因此与胡风结识。

同年写下《家》等多篇反映矿区生活的小说,并在《七月》上刊载。矿工与知识分子、流浪者一起成为他早期创作中的主要人物形象。1943年,中篇小说《饥饿的郭素娥》由南天出版社出版。胡风为之作序,不仅称赞其"替新文学底主题开拓了疆土",还对其油画式的深度与立体大加赞赏。由此蜚声文坛,也成为"七月派"的代表作家。

1942年,他重新动笔写作第一稿在战火中丢失的《财主底儿女们》,用了几年时间,将之写成了80余万字的巨著。《财主底儿女们》上部于1945年出版,下部于1948年出版,成为路翎的长篇小说代表作。胡风在序言中称之为"中国新文学史上一个重大的事件"。在此期间,路翎陆续出版了小说集《求爱》《在铁链中》《青春的祝福》。1948年,他又创作了长篇小说《燃烧的荒地》、四幕悲剧《云雀》等。

1949年后,路翎改变了自己的写作主题和方式,进入了转型期。1950年,先后在中国青年艺术剧院和中国戏剧家协会就职,写下了《英雄母亲》《祖国在前进》等剧作。小说集《朱桂花的故事》也出版,塑造了以模范与英雄为主角的新劳动世界。1952年,他主动要求到了炮火纷飞的朝鲜前线,归来后写下了《洼地上的"战役"》等多篇小说。1955年,路翎因受胡风冤案牵连,错划为反革命集团成员,1980年平反。

虽然后期作品思想性和艺术性都已下降,但他前期的创作已在中国现当代文学史上留下了浓墨重彩的一笔,中期的《洼地上的"战役"》已是"十七年文学"中的重要收获。

百年中篇小说名家经典
BAINIAN ZHONGPIAN XIAOSHUO MINGJIA JINGDIAN

总主编 何向阳

本册主编 吴义勤

饥饿的郭素娥
JI E DE GUO SU E

路翎 著

河南文艺出版社
·郑州·

一种文体
与一百年的民族记忆

何向阳 （丛书总主编）

　　自 20 世纪初,确切地说,自 1918 年 4 月以
鲁迅《狂人日记》为标志的第一部白话小说的
诞生伊始,新文学迄今已走过了百年的历史。
百年的历史相对于古老的中国而言算不上悠
久,但 20 世纪初到 21 世纪初这个一百年的文
化思想的变化却是翻天覆地的,而记载这翻天
覆地之巨变的,文学功莫大焉。作为一个民族
的情感、思想、心灵的记录,从小处说起的小
说,可能比之任何别的文体,或者其他样式的
主观叙述与历史追忆,都更真切真实。将这一

百年的经典小说挑选出来，放在一起，或可看到一个民族的心性的发展，而那可能被时间与事件遮盖的深层的民族心灵的密码，在这样一种系统的阅读中，也会清晰地得到揭示。

所需的仍是那份耐心。如鲁迅在近百年前对阿Q的抽丝剥茧，萧红对生死场的深观内视，这样的作家的耐心，成就了我们今天的回顾与判断，使我们——作为这一古老民族的每一个个体，都能找到那个线头，并警觉于我们的某种性格缺陷，同时也不忘我们的辉煌的来路和伟大的祖先。

来路是如此重要，以至小说除了是个人技艺的展示之外，更大一部分是它对社会人众的灵魂的素描，如果没有鲁迅，仍在阿Q精神中生活也不同程度带有阿Q相的我们，可能会失去或推迟认识自己的另一面的机会，当然，如果没有鲁迅之后的一代代作家对人的观察和省思，我们生活其中而不自知的日子也许更少苦恼但终是离麻木更近，是这些作家把先知的写下来给我们看，提示我们这是一种人生，但也还有另一种人生，不一样的，可以去尝试，可以去追寻，这是小说更重要的功能，是文学家个人通过文字传达、建构并最终必然参与到的民族思想再造的部分。

我们从这优秀者中先选取百位。他们的目光是不同的，但都是独特的。一百年，一百位作家，每位作家出版一部代表作品。百人百部百年，是今天的我们对于百年前开始的新文化运动的一份特别的纪念。

而之所以选取中篇小说这样一种文体，也是出于这个原因。

中篇小说，只是一种称谓，其篇幅介于长篇小说和短篇小说之间，长篇的体积更大，短篇好似又不足以支撑，而介于两者之间的中篇小说兼具长篇的社会学容量与短篇的技艺表达，虽然这种文体的命名只是在 20 世纪的七八十年代才明确出现，但三四十年间发展迅速，其中的优秀作品在不同时期或年份涵盖长、短篇而代表了小说甚至文学的高峰，比如路遥的《人生》、张承志的《北方的河》、莫言的《透明的红萝卜》、韩少功的《爸爸爸》、王安忆的《小鲍庄》、铁凝的《永远有多远》等等，不胜枚举。我曾在一篇言及年度小说的序文中讲到一个观点，小说是留给后来者的"考古学"，它面对的不是土层和古物,但发掘的工作更加艰巨,因为它面对的是一个民族的精神最深层的奥秘,作家这个田野考察者,交给我们的他的个人的报告,不啻是一份份关于民族心灵潜行的记录,而有一天,把这些"报告"收集起来的我们会发现,它是一份长长的报告,在报告的封面上应写着"一个民族的精神考古"。

一百年在人类历史上不过白驹过隙,何况是刚刚挣得名分的中篇小说文体——国际通用的是小说只有长、短篇之分,并无中篇的命名,而新文化运动伊始直至70年代早期,中篇小说的概念一直未得到强化,需要说明的是,这给我们今天的编选带来了困难,所以在新文学的现代部分以及当代部分的前半段,我们选取了篇幅较短篇稍长又不足长篇的小说,譬如鲁迅的《祝福》《孤独者》,它们的篇幅长度虽不及《阿Q正传》,但较之鲁迅自己的其他小说已是长的了。其他的现代时期作家的小说选取同理。所以在编选中我也曾想,命名"中篇小说名家经典"是否足以囊括,或者不如叫作"百年百人百部小说",但如此称谓又是对短篇小说的掩埋和对长篇小说的漠视,还是点出

"中篇"为好。命名之事,本是予实之名,世间之事,也是先有实后有名,文学亦然。较之它所提供的人性含量而言,对之命名得是否妥帖则已显得不那么重要了。

值此新文化运动一百年之际,向这一百年来通过文学的表达探索民族深层精神的中国作家们致敬。因有你们的记述,这一百年留下的痕迹会有所不同。

感谢河南文艺出版社,感谢编辑们的敬业和坚持。在出版业不免受利益驱动的今天,他们的眼光和气魄有所不同。

2017 年 5 月 29 日　郑州

目录

封地上的"战役"

　　在春季的紧张的备战工作里，侦察排的人们除了到前沿、敌后去从事各种危险而艰苦的工作以外，还要做一件很特别的事情，这就是深夜里去侦察侦察二线上的自己人，试一试他们的警惕性，看一看那些新老岗哨是否能够尽职，摸一摸我们的二线阵地到底是不是结构得很坚强。因为，这个时期敌人的特务很活跃。这个任务是团政治委员给他们的，政治委员嘱咐他们，一般地看一看阵地是否警戒得很严密，岗哨们是否麻痹大意就可以了；当然也可以施展一点侦察员的本领，给那些麻痹大意的同志一点警惕，但一定要防止不必要的误会和危险；如果发生了危险，就得由侦察员们负责。团政治委员说这个的时候口气很严格，但似乎也含着微笑，因为他深深地懂得这些侦察员的性格；在他说着话的时候，他们一个个的眼睛全闪亮闪亮。于是这天晚上，侦察员们就"突破"了自己人的好几块阵地。在他们看来，这里也"麻痹"，那里也"大意"，他们确实忘了这一切仅仅因为他们是久经锻炼的侦察员，有些岗哨实在是只有他们才能钻得进去；他们熟悉一切，不是像真正的敌人那样怀着恐惧，而是怀着喜悦，相信着他们和岗哨之间的友谊。 确实麻痹大意的也有——二班长王顺，这个老伙计，就从二连的一个打瞌睡的岗哨那里缴来了一支步枪。 但侦察员们并不是总能"战胜"自己人的，有一些老战士的岗哨，他们就无论用什么办法也钻不到空子，甚至有的在潜伏了一两个钟点以后，在老战士的严厉的喊叫下，只好走了出来，交代了口令，说明是自己人；他们和这些老战士大半都认识，于是就互相笑骂起来……

二班长王顺，这个出色的侦察员，朝鲜战场上的一等功臣，在缴回了那倒霉的岗哨的一支步枪之后，下半夜又摸到九连的阵地上来了。 九连的新战士多，他想着要好好教训他们一顿。 九连有一个岗哨在麦田边的土坎上。 那里和八连的阵地相连，离前沿比较远，又没有道路，平常最安静，因而他觉得也是最容易麻痹的，于是就摸过去，观察着地形和情况，在麦田边上的土坎后面潜伏下来了。 这时候那个个子不怎么高，但是身体看来是非常结实的岗哨正在土坡上来回走动，似乎很不平静。 从这岗哨的端着冲锋枪的紧张而又不正确的姿态，王顺看出来他是一个新战士，并且判断他最多不会站过两次哨。

这判断果然是正确的。 新战士王应洪，这个十九岁的青年，从祖国参军来，分配到九连才一个星期。 这是他第二次执行战士的任务，第一次是在连部的下面。 王顺不久就发现这年轻人非常警惕，但这警惕并非由于战场上的沉着老练，而是由于激动，他在土坡上走来走去。

敌人向前沿的我军阵地打了一排多管火箭炮，那年轻的岗哨站下了，看着那一下子被几十个红火球包围着的十几里外的小山头。

"吓，你这穷玩意儿才吓不了谁！"他自言自语地说；接着他又疑问地对自己说："这他妈到底是什么炮呀？"

他走动了一阵，又站下了，长久地看着前面的田地。

"这麦子都长得这么高啦……朝鲜老百姓真是艰苦哪！"他大声说。

显然他有许多激动的思想，而这也是只有一个新战士才会有的；老战士们是不大容易激动的。他一定是非常景仰而又有些不安地看着前沿的山头，他还没有到那里去过；并且他因为眼前的麦田而想到了他的才离开不久的家乡。而在老战士、侦察员们看来，麦田，这常常不过是阵地上的一种地形。可是，听到这年轻人的喃喃自语，王顺虽然一方面在批评着他的幼稚，一方面却不禁心里很温暖，觉得这年轻人在将来的战斗中一定会很勇敢。他开始带着深切的关心在注意着他。他看到这年轻人那么紧张地在捧着冲锋枪，并且显然地因这可爱的武器而激动，不时看看它，然后挺起胸膛。但随即王顺就注意到了，这冲锋枪的枪口布却是没有摘下的。"真胡来呀，这怎么能行？"他想，决定警惕他一下，于是轻轻地咳嗽了一声。

那年轻人凝神地听着了，显然他的耳朵是极敏锐的，有一双侦察员的耳朵。但是他却是这么没经验，并不出声，只是疑惑地对这边看着，然后小心翼翼地走下坡来了，丝毫也没有地形观念，不知道要隐蔽自己，并且尽往附近的开阔地里看。他正好经过王顺的身边，几乎要踩到了王顺的脚。王顺一动也不动，心里好笑。"这么没经验怎么行呀！"他想。当这年轻的哨兵满腹猜疑地又走回来，从他身边走过去的时候，心里就腾起了一阵热情——他没有意识到这是对这个年轻人的抑制不住的友爱——一下子跳起来把这年轻人从后面抱住了。

那年轻人在这突然袭击下最初是惊慌的，叫了一声，但随即就满怀着仇恨和决心和王顺进行格斗了——沉着起来了。王顺没有能夺下他的枪。他像一头牛一样结实，一下子就翻转身来把王顺也抱住了，显然地，他已经好久地在准备着和敌人进行面对面的搏斗了。他这炽热而无畏的仇恨的力量很使王顺感动。王顺就赶紧说："自己人。"并且说出了口令。

但那年轻人才不相信他是自己人，用着可怕的力量把他压在泥坡上，在他的肩上狠狠地打了一拳；这年轻人并不喊叫来寻求帮助，看来他是沉浸在仇恨中，非常相信自己的力量。王顺放弃了抵抗，甚至挨了这一拳还觉得愉快；虽然对于老侦察员，这种情形是不很漂亮的。

"自己人！侦察排的！"他说。

"管你什么人，我抓住你了！"那年轻人咬着牙叫，"不跟我走，我就枪毙你！"

"睁开眼睛吧！"王顺说，"你不看我连枪都没有拿出来？"

"……"

可是他这句话只是提醒了那个新战士，他一只手按着王顺，动手来缴王顺腰上的手枪了。这就伤害了老侦察员的自尊。

"你没看见我是让你的么？"王顺按着枪，激动地喊着，"不许动我的枪，我发脾气啦！"

他像是在对小孩说话似的，可是那年轻人喊着："就是要缴你的枪！"

他是这样的坚决——看来是无法可想的。钦佩和友爱的感情到底战胜了侦察员的自尊，他就自动地去拿枪。可是那年轻人打开了他的手，敏捷地一下子把枪夺过去了。

"不错，他还能懂得这个。"王顺想，于是笑着说，"好吧，我跟你走吧。"

这时，听见这里的这些声响和谈话，九连的两个游动哨已经做着战斗的姿态跑过来了，他们也都不认得王顺，拥上来帮着王应洪抓住了他。于是，留下了一个担任警戒，其他的一个就和王应洪一道，动手把王顺押到连部去。王顺不再辩解，但在走进交通沟的时候，他却回过头来笑着对王应洪说："你警惕性不够高，我在你跟前蹲了半个多钟点了；我咳嗽的时候，你直着身子光往开阔地里看——要是我是敌人早把你干掉了。 打仗要利用地形啊。"

王应洪很是疑惑了，生气地问："你到底是干什么的？"

"我吗？ 干我的老本行。 你看，"他又转过脸来说，"要是现在我要逃还是逃得掉的，你把你那枪口布摘下来吧。 要不一打枪管就会炸，你们连长就没告诉你？"

王应洪羞得脸上一下子发烫了。 等到老侦察班长又往前走去的时候，他悄悄地摘下了枪口布。

"你到底是干啥的？"

"你参军来几天啦？"

"你不用管！"他愤怒地说。

到了连部的洞子里，大声地喊了报告，他就对连长说："抓住了一个……"抓住了一个什么呢，他就说不上来了。 连长认得这老侦察班长，一看情形，马上了解了。

"好哇，有意思，"连长笑着说，"你们这些侦察排的就是有本事，怎么你的枪倒叫我们新战士缴来了呀？"

"别得意啦，我是让他的！"王顺自嘲地笑着说，"他蛮不讲理，那有啥办法呢？ 你问他我是不是让他的？"

"我蛮不讲理？ 你别诬赖人啦……我把你一枪打掉我也没错！"

"那可使不得。 打掉了我就吃不成饺子啦。"王顺说，心里特别喜爱这年轻人了。 灯光下看出来，他是长得很英俊的。

"你说说看我是不是让你的？"

"我要不揍你你就让我啦！"

这激昂的、元气充沛的大声回答使得连部里的人们全体都大笑了。老侦察班长自己也笑了。那挨揍的地方，确实还有点痛。

对九连的警戒情况作了一点建议，王顺就回来了。自这以后，他的心里就对这个新战士留下了很深的印象，甚至高兴人们说起这件事，就是，他被新战士王应洪所"俘虏"，还缴了枪。这件事情不久也就在全团流传起来，以至于团的首长们也都对新战士王应洪怀着特别的兴趣了。过了不久，从阵地下来休整，预备向各连调人来增强侦察排的时候，团参谋长就一下子想起了这个小伙子，建议说："这个王应洪跟咱们那个王顺，他们是有点老交情呢，调他来吧；侦察排总是调的班级、副班级的老兵，我看调几个年轻的去也有好处。"

这样，王应洪就到了侦察排，而且连里也把他分配到了二班。

不用说，王顺对这件事是很高兴的，当那个年轻人背着结实的背包，精神抖擞地来到班上，对着他极其郑重也极其高兴地敬了一个礼的时候，他就笑着跑过去把他的手拉住了，接下他的背包，拍拍他的肩膀，说："咱们是老交情啦，你说得对，你要不揍我我就不会让你！"

这年轻人马上就明朗地说："班长，分配我任务吧。"

他是羡慕着侦察员,非常乐意到侦察排来的。 他在这些时间已经习惯于军事生活了,并且也晒黑了,长得更结实了。

他把侦察员的工作看得很神秘,但也想得很简单,因此一来就要求任务。 班长王顺告诉他,现在他们在练兵,要学会各种各样的本领才能执行侦察员的任务,并不是任何人都能干侦察员的。 第二天一早,班长把全班带上了山头,要求每一个人都找寻一块自己以为合适的地形,在半分钟内隐蔽起来,然后他来检查。 侦察员们迅速地在山坡上散开去了,马上就一个一个地消失了,唯有这新来的战士仍然暴露在山头上,他很激动,急于要找寻一个合适的、让班长赞美的地方,可是愈是这样,愈是觉着哪里也不合适;乱草中间不合适,石头背后也不合适,跑到这里又跑到那里。 这时班长已经上来了,他就焦急地一下子伏在旁边的一棵小树下面。 班长王顺显然是装作没看见他,先去搜索和检查别的人,批评、表扬他们在紧急情况中所利用的地形,并且提出一些问题:如果敌人的火力从这个角度打来,你这条腿还要不要呢? 他高声说着话,显然是要让全体都听见。 听见这些,检查一下自己的情况,王应洪明白自己要算是最糟糕的了,而这时他恰好看见了附近的一条土坎,于是跳起来往土坎跑去。 但是班长说话了:"谁在那里跑呀,咱们侦察员的纪律:伏下来,没有命令,不准动! 你不怕把全班都暴露吗?"班长的声音是很温和的,有点嘲笑的味道,王应洪的脸一下子红到了耳根，痴痴地站在那里就不再动弹了。 可是班长好像只是随便地说了这话，马上又不再注意他，又去继续检查别人了。 他于是就又回到了原来的小树后面，照原来的姿势卧好，这时候他想，他一定要保持原来的样子，一动也不动，让班长来批评。 班长最后才走近他，简单地说："你这里不好，除了这棵三个指头粗的小树干子，你是躺在土包上，没有一点隐蔽。 你为什么会选择这里呢，因为你不沉着，人一不沉着，头脑就不灵活。"然后就集合了全班，开始了一天的练兵工作，没有再批评他。 ……这样，这个青年就一点一滴地学习了起来，对班长充满了崇敬，爱上了这严格的军事生活。 他想，他要发奋努力才能赶得上别人，才有资格在将来的战斗中要求任务。

练兵工作甚至有时候在深夜里也进行。 因为排长调去学习了，班长王顺还代理着全排的职务，他的工作非常忙。 但即使这样，这个在侦察员中间威信极高的班长还能不时地抽出时间来和王应洪谈一些话，告诉他战场上的事情，勇敢的侦察员，他的那些牺牲了或调走了的战友，在这样或那样的情况下怎么做；但关于在部队里流传着的他自己的许多故事，他却避免提到。 有一天王应洪忍不住地问了：是不是有一次，在五次战役的时候，你一个人深入敌后三十里，缴获了文件还炸掉了敌人的一个营指挥所？ 他笑笑说：那不过是敌人太熊了。 过去那些没啥，看将来的任务吧。

总之，这两个人感情很好，练兵工作紧张而平静地进行，王应洪在任何工作上都非常积极，他拿班长做他的榜样。 在那天晚上"俘虏"了班长的时候，班长给他的印象使他觉得这些侦察员虽然大胆勇敢，却是有些调皮捣蛋的，但现在他觉得完全不是这样。 他渴望执行任务的日子早一天到来，他渴望跟着班长去建立功绩……可是，这时候在他们的生活里却发生了一件意外的事情。

侦察排在练兵的这个时候是住在阵地后面的山沟里的一个村子里，这是这一带剩下来的唯一的一个小村子，因为地形的关系，敌人的炮火射击不到的。 王顺的这个班，住在一个姓金的老大娘家里。 这老大娘六十几岁了，儿子是人民军战士，媳妇在敌机轰炸下牺牲，家里只有一个十九岁的、叫作金圣姬的姑娘；这一老一少在从事着田地里的艰苦的劳动。

侦察员们住到她们家以后，这母女两个总是抢他们的衣服来洗，他们也就抽空帮她们做一点事情。 金圣姬这姑娘是农村剧团的一分子，曾经参加过慰问战士们的晚会。 唱歌跳舞都很好，侦察员们来了以后，她是这山沟里最活跃的一个姑娘。 这大方而活泼的姑娘不久就和侦察员们非常熟识了，叫得出每一个人的姓名。 星期天，侦察员们休息的时候，她就和他们学着打扑克，教他们朝鲜话，又向他们学中国话。而在侦察员们爬到屋顶上去替她家收拾房子的时候，她就攀在梯子上递东西，不停地快乐地大笑着。 她的中国话不久就学得很不错了，而且会唱侦察员们的所有的歌子。 于是侦察员们住在这两母女这里，就像是住在自己的家里一样。但是忽然地，这姑娘的神气里有了一点特别的东西，变得少说话了，沉思起来了。

　　班长王顺是很敏感的，他不久便觉察出来，她的这种变化是因为王应洪。侦察员们初来的时候，她最爱和王应洪说笑，嘲笑这年轻人的愣头愣脑的劲儿；带着天真的神气逗弄他，扳着手指教王应洪学习朝鲜话的一二三四，在王应洪发音错误的时候就大笑起来，每一次都要笑得流出眼泪。……在战线附近，在敌人的炮击声中——她们的麦田附近经常落弹——这样天真快乐的姑娘是特别叫人高兴的。但后来她忽然地就不再和王应洪这样大笑了，见到王应洪的时候就显得激动，在他走过的时候总是痴痴地看着他。有时候，显出特别兴奋的样子，和王应洪说上几句话，就要脸红起来。可是王应洪却完全没有注意到这个，这个年轻人的全部心思都集中在练兵的工作和未来的战斗任务中。使得这姑娘对王应洪发生感情的重要的原因，正是王应洪的这种热诚。他帮她家做的事最多，他一早一晚都要帮她家挑水，午饭后有一点时间还要去抢着帮老大娘劈柴。他做这些是很自然的，他觉得这家人家很艰苦，而他们住在这里，总是会有些打扰别人的：老大娘那么大年纪还抢着替他们洗衣裳。参与着这日常的家庭劳动，老大娘有时就递口水，递块毛巾给他，对待他像对儿子一样，而金圣姬那个姑娘，在这些接触中心里满是感激，从这感激就产生了一种抑制不住的感情和想象了。在院子里只有他单独一个人在干活的时候，她就和他说许多话，替他递这拿那。 有一次，天刚亮他担水回来，那姑娘像每天一样赶快拿东西来接，热烈地瞅着他，希望他和她说话，可是他低着头倒了水，担着水桶又出去了。 第二挑水担回来的时候，金圣姬蹲在地上拿盆接水，忽然抬起头来看着他，用生硬的中国话问："你的家几个人？"他爽快地回答说："四口，父亲、母亲、哥哥、嫂嫂。"金圣姬紧张地、吃力地听着，红了脸，后来又想问什么，可是他已经唱起歌来，跑出去了。 他什么也没有觉察出来。

第二天午后，别人都午睡了，他一个人在院子里挖着他的鞋子上的泥，老大娘忽然走过来，在他旁边蹲下了，拿一只手抚摩着他的肩膀，悄悄地用中国话问："你十九岁？"他说："十九。"又问："你结婚过吗？"他说："没有。"老大娘于是对着他笑着，抚摩着他的头，说了很多他听不懂的朝鲜话。 显然地那个女儿已经和母亲谈过她的心思了。 可是这年轻的侦察员仍然什么也没有想到。 老大娘的慈爱的抚摩，使他非常感动，他告诉她说，他的母亲也是快六十岁了，身体很好，和她一样还能下地劳动；又告诉她，他的母亲是很爱他的，他小的时候，看见他生病咽不下和着糠和榆树叶子的窝窝头，母亲就偷偷地哭，卖了自己的唯一的一件破棉衣，替他买来了两斤白面。 他说着的时候看着老大娘，发觉老大娘脸上也有和母亲一样的皱纹，于是就想到，在他参军的时候母亲怎样地流了眼泪又微笑，说是："我这儿子没有叫国民党土匪打死，今天怎能不乐意他去呀……"他于是激动起来，想要和老大娘谈这些。可是他不久就发现他的夹着几个朝鲜字的中国话老大娘一点也没有听懂，正像刚才她的话他没有听懂一样。他激动得很厉害，想着现在他是一个志愿军的侦察员，是在为他的受苦的、慈爱的母亲和这个受苦的、慈爱的老大娘而战斗了，于是站了起来，找出了斧头就去替老大娘劈柴。

老大娘含着泪看着这年轻人——她仿佛觉得他已经是她的家庭里的人了，并且甚至想到了，当她的当人民军的儿子从前线回来时，将要怎样高兴地和他们家里的这个新人见面。

而这个时候，金圣姬姑娘也正在厨房的门口对着这年轻人瞧着。她听见了她母亲对王应洪所说的一切话，但是王应洪后来所说的那些话她同样地没有能听懂。但是从这年轻人的激动的神情，她相信他已经能够懂得她的心了。

这种情况，这母女两个的动人的、热切的感情，渐渐地使得班长王顺很担忧。他相信王应洪不可能出什么岔子，但因为他特别喜爱王应洪，并且似乎和他还有着一种特别深刻的关系，因此就时刻害怕他会出岔子。而且，对于这一类的事情，老侦察员一向是很冷淡的，他还有一种简单的成见，就是，如果这一方面没有什么，那一方面也一定不会有什么的。

因此他渐渐地有点疑惑了。他觉得，年轻人总难免的，他刚离开温暖的家不久——他听说过王应洪是怎样被母亲爱着——还不曾懂得、习惯战争生活，可能他被这个家庭的日常的劳动所吸引，可能他不知不觉地对金圣姬流露了什么。在军队的严格纪律和严酷的战争任务面前，这是断然不能被容许的。

但在这种考虑里，班长王顺的心里还有一种模模糊糊的他也说不上来的感情。当他的班里的一个战士对他反映了金圣姬和王应洪之间的状况，并且认为王应洪可能已经有了超越了军队纪律所容许的行为的时候，他才意识到自己的这种感情。他回想起了金圣姬的纯洁、赤诚的眼光，这眼光使他困惑。他想：她的心地是这样的简单，她怎能知道摆在一个战士面前的那严重的一切呢？可是，又何必要责难她不知道这一切，又为什么要使她知道这一切呢？

他是结过婚的人，并且有一个女孩。他一向很少写家信，总是以为他没有什么可写的，他觉得他对她们也一点都不思念。但金圣姬的神态和眼光，她在门前的田地里劳动的姿态，她在侦察员们走过的时候忽然直起腰来在他们里面找寻着什么的那种渴望的样子，就使得他隐隐约约地想起了那显得是很遥远的和平生活。金圣姬从一个小女孩长成大人了，她简直就是在炮火下成熟起来了，她特别宝贵她的青春，她爱上了纯洁的中国青年，她的一举一动都流露着，自自然然地，她渴望建立她的生活，和平的、劳动的生活。……正是这个，使他感到了模模糊糊的苦恼。

　　但军队的纪律和他心里的紧张的警惕却又使他不好去批评他班里那个战士的汇报。而且这个汇报使他对这件事情更加疑惑起来，就是，王应洪可不可能在不知不觉之间对金圣姬流露了什么呢？经过一番考虑，他就把他所注意到的这一切汇报给连指导员了。连指导员也很喜爱王应洪，但也对这件事做不出判断，于是指示他说：好好注意，必要时找王应洪谈一次话。

　　指导员的意思是，如果现在真的还一点什么也没有，谈了话反而要影响王应洪的情绪的。王顺也觉得这个谈话很困难。但因为对这年轻人的特别的关切，因为对他的班的重大的责任感，王顺仍然当天晚上就找了王应洪到门前的土坡上去谈话了。

　　这谈话确实困难。王顺先是表扬了王应洪，表扬他在练兵中的进步，干工作的带头、勤劳和活跃，然后就说到了将来的战斗任务，说到一个革命军人的职责，说到纪律的重要。

　　可是，说着这些，王应洪仍然一点也不明白。他从来都不怀疑这些真理。他以为班长是一般地在关心他，于是表示说，他是坚决要为革命奋斗到底的，他是青年团员，他希望能在将来的战斗里考验他！他热情而激动，就是不明白班长所暗示的那件事情。班长于是只好点破了。他说："你觉得咱们房东那姑娘怎样？"

　　对这个问题，王应洪愣了一下。

"她挺好呀……"说到这里，他才一下子明白过来了。

一定是班长不信任他，一定是别人说了他什么。这倔强的青年是不能忍受这种怀疑的，他痛心而愤慨了，叫着："班长，你就这样看我么？"

班长王顺也是直性子，既然把问题点破了，他就决心搞到底，一定要弄出结果来，看这年轻人到底有没有什么。他于是不理会他的激动，冷淡地问："你真的是没有什么？"

"你不相信你调查去好啦，这么不相信同志呀。"

这种说话的腔调，叫班长王顺愤怒了。这是孩子气的、老百姓的腔调。这在老军人看来是断然不能许可的，于是他冷冰冰地说："有纪律没有？你这口气是跟谁谈话啦？"

那年轻人一下子沉默了。过了一下，他以含着泪的、发抖的声音说："班长，刚才我是不对……我汇报给你啦，我真是对她一点心思也没有。"

班长沉默着。他很难过——他是这样地喜爱这个青年，刚才似乎也不必那么严厉的。这年轻人说的话也是真理：为什么要不相信自己的同志呢？

"好啦，就这样吧。"他想安慰他几句，可是什么话也说不出来。他又想起了金圣姬姑娘的那一对热诚的眼睛。

回到班上去，熄灯号以后，王应洪好久睡不着。他这时才回想起这些天来金圣姬姑娘的神态，觉得果然是有些什么的，心里很不安了。眼前就有一个难题：明天一早起来替不替老大娘挑水呢？他想，不挑算了，为什么要叫人误会呢？

但这时候，透过门缝，他看见了灯光下的老大娘的疲劳的脸和花白的头发，她正在推着磨子，艰难地耸动着她的瘦削的肩膀；而从屋子里面，则传来了噼啪噼啪的单调的声音——金圣姬姑娘在打草袋。这噼啪噼啪的声音混合着磨子的沉闷的轰轰声，震动着他。这两母女每天都要劳碌到什么时候才睡啊！那么，为什么他不该替她们挑水呢？如果明天一早起来，发觉坛子里空着，她们要怎样想呢？当然啦，她们是决不会责怪他的，可是他自己怎么能过得去呢？……想着这个，他心里觉得沉痛起来。"我是清清白白的，我哪一点也没有错，为什么要这么不相信我呀！"他想，于是他含着眼泪激动地对自己说："不挑对不起人！坚决要挑！"

但是他仍然问了班长。看见班长在翻身的时候醒来了，他问："班长，早上我替不替她家挑水呢？"班长用很柔和的声音回答说："那当然可以。"然后又睡了。这回答使他很安慰。

他是全班每天起得最早的，趁这个时间去替那两母女挑点水，这已经成了习惯了。但是第二天一早他刚一起来，悄悄地去拿水桶的时候，打草袋打到深夜才睡的金圣姬忽然迅速地推开门出来了，两只手编着辫子，赤着脚走到踏板边上，注视着他。他不和她招呼——下决心一句话也不说，拿了水桶就走。金圣姬活泼地跳下踏板穿上鞋子就来和他抢水桶。侦察员们住到这里来的最初几天，她也曾和他抢过水桶，那是因为她觉得，她不好要这些劳苦的战士帮助她，而且，在朝鲜，背水和顶水，是妇女们的事情。但后来的这些天，她就不再来抢水桶了。今天不知为什么她忽然地又这么干了，也许是因为，她已经把他看作自己家里的人，她又想起来了男子的尊严，而担水是妇女的工作。但王应洪却不曾想到这些，似乎是有些赌气，用力地夺了水桶就走。他挑了水回来，那姑娘已经在灶前生着了火，听见了脚步声就回过头来了，望着他笑，跑过来找盆子盛水，可是他为了免得和她接近，赶紧地把水倒在一个坛子里了，慌慌忙忙地以至于把衣服泼湿了一大片。金圣姬啊哟地叫了一声，马上找东西来替他揩，找不着干净的东西，慌忙中就撩起裙子来预备拿裙子给他揩，可是他红着脸一转身就出去了，金圣姬蹲在地上还来不及起来。

这对于金圣姬是一个不小的打击。为什么这样呢？她有什么不对的么？难道她对战士们照顾得不好，不曾把他们的衣服洗得很清洁么？她站了起来，悄悄地流下了一点眼泪。这个年轻的朝鲜姑娘，好些天来，听见王应洪的声音就要幸福得脸红；一早上在灶前烧火，听着他的挑水的脚步声的时候，她就要不由得想起了，一个男子不应该挑水的，将来，她烧着火，担着水，他在院子里这里那里收拾一下，然后他们一块儿到田地里去劳动——这就是家庭了。她觉得这好像没有什么不可能的。战争总归要过去的。而且，在她的心上，他一点也不是生疏的外国人了。

她真是很委屈。可是她也是倔强的。第二天天刚亮，王应洪起了床预备来挑水的时候，小水缸里和坛子里却已经满了，她在灶前烧火，不曾看他一眼。

他于是觉得苦恼。她一点过错也没有，为什么昨天要那样对待她呢？……可是这种情况是不能这么继续下去的，晚上他就向班长王顺把昨天和今天挑水的情况汇报了，他觉得他很对不起人，他不知道要怎么办；他建议他们班搬一个家，可是他又觉得，无缘无故地搬了家，就更对不起这两母女了。

他于是希望快点上阵地去。班长嘱咐他仍然照常挑水，并且态度不要那么生硬。

以后几天，他起得更早，抢着挑了水。金圣姬姑娘不再走近来，也不再和他说话，只是默默地看着他。他总是很快地办完事情就出去了。这种情形弄得他很慌乱，他心里开始出现了以前不曾有过的甜蜜的惊慌的感情。对这种感情他有很高的警惕，于是在金圣姬姑娘面前他的态度变得更生硬了。

这天晚上回来，预备抽点时间洗一洗衣服，他发现他的一套脏了的军服已经叫她洗得很干净，而且熨得整整齐齐的。他一瞬间害怕别人看见，红着脸像是做错了什么事情似的，赶快把这套军服塞到背包下面去了。但第二天早晨，穿上了这衣服——他决心一早就穿它，好使金圣姬心里高兴一点，来补救他的那些生硬的态度——往衣袋里一摸，却多了一件东西。拿出来一看，原来是一双用蓝布做面子，白布做底的，缝得非常细致的袜套。 他没有什么犹豫就向班长汇报了，把这袜套交给了班长。 班长拿着这袜套看了一阵，心里赞美着这年轻的战士的忠诚的纪律性，但又有点不安：过过穷苦的生活的人，是知道庄稼人家的艰难的；在这战争的山沟里，谁知道金圣姬姑娘费了多大的心思，才弄来了这一块簇新的蓝布？ 这两母女终年吃着酸菜和杂粮，而且那姑娘的裙子都打了补丁，她只有一条跳舞的时候才肯穿的比较新的红纱裙……这么考虑了一阵，黄昏的时候，他就嘱咐王应洪把这袜套还给金圣姬，虽然他知道这一定会使那姑娘委屈，但这没有办法，纪律比一切都重要。

这时金圣姬姑娘和她的母亲正在门前的踏板上吃饭，王应洪鼓起勇气来走过去了，不知为什么还敬了一个礼，把那袜套硬邦邦地往前一递，说："还你！"就没有别的话了。

那姑娘一瞬间瞪着他，她母亲也瞪着他。

站在附近的班长王顺觉得这简直太糟糕了，这年轻人简直太生硬了，连一句客气话也不会说，更不用说要他交代几句军队的纪律了。 于是赶忙走过去笑着用朝鲜话解释说，志愿军不好随便接受老百姓的东西。 ……他没说完，老大娘兴奋地站起来了，大声地辩解着说，她才不信这个！ 这并不是随便接受老百姓的东西呀。 她并且指指响着炮声的前线的方向说：这还能分家吗？ 金圣姬姑娘为什么不该感谢这年轻人呢？ 可是那姑娘望望她的母亲又望望王顺，一句话也不说，红着脸把那袜套接了过去，又低着头继续吃饭了。

以后一切就显得很平静，没有什么事情了，只不过王应洪变得更慎重，换下来衣服马上就洗；金圣姬去抢别人的衣服洗，却不再来抢他的了。 对于王应洪来说，这件事情虽然多少也扰动了他，却并不曾在他的心里占多大的位置；实际上，班长王顺对这件事还注意得比他多些。 将近两个月的练兵期间，他已经学会了侦察员的各种本领，还学会了敌人的好几种火器——侦察员们，有时候是要夺取敌人的武器来使用的。 他学习得这样热衷，以至于他没有时间来考虑金圣姬姑娘对他的感情。 练兵任务快要结束的时候，一次打靶练习和演习动作中，他受到了团参谋处的表扬。 这天黄昏，连指导员到他们班里来参加了他们的班务会，在做总结的时候也表扬了他。 班务会以后指导员还不走，他是很活泼的人，看见金圣姬姑娘在那里推着小磨子磨麦子，便跳过去了，两腿在炕上一盘，夺过磨把来，非常熟练地磨了起来，一面就用非常好的朝鲜话讲着笑话，使得金圣姬不得不笑了起来——但这姑娘这时已是这么成熟了，不再像先前那么哈哈大笑了，而是侧着头微笑着。 但指导员看见笑容就高兴，继续愉快地说笑着，因为他已经好些天没见到这姑娘的笑容了，他密切地注意着这件事情，赞美着他的年轻的战士，但也因了这姑娘的忧愁而有些不安。 他帮她碾完了半斗多麦子才走。在他谈笑着的时候，王应洪赶着替她家的所有缸子坛子里挑满了水，因为他们明天一早还要有一次演习动作，怕来不及挑水，而且他们不久就要上阵地了，他觉得他不会有很多时间来帮助她们了——没有这些帮助，她们是会要困难一点的。 金圣姬姑娘听着指导员的话在发笑，好像完全没有注意到他在干活，这使得他也很高兴，对这两母女，对这一段生活，充满了感激的心情。

第二天上午，在山坡上的松树林子里，农村剧团的姑娘们给战士们做了一次演出。 战士们围成一个圈子坐着，对这些熟识的姑娘的表演觉得非常高兴。 金圣姬有三个节目：唱了一个歌，跳了一个《春之舞》和一个《人民军战士之舞》。 在《春之舞》里面，她穿上了她的唯一的一件粉红的纱裙；在《人民军战士之舞》里面，她演战士之妻。 这时候人们才注意到她原来是这村子里的最美丽的姑娘，并且她表演得非常好。

"人民军战士之妻"的好几个动作，使得有些战士的眼睛都潮湿了，甚至连老侦察员王顺都感动得说不出话来了。 这表演的第一节的内容是：人民军之妻背着孩子，在敌机的轰炸下，送丈夫重返前方。 王顺心里的感情很复杂，他就悄悄地注意着坐在他旁边的王应洪，可是这年轻人却好像没有什么感触，沉思地看着"人民军之妻"的飘动着的长裙——这个新战士，这时候是在想着虽然今天晚上他们就要上阵地，可是他却还没有战斗过，比起舞蹈里的那个挂着国旗勋章的人民军战士来，他真是差得太远了。 他就是这样想的。 后来发生了一点意外的情况，就是，班长王顺发觉出来，当金圣姬舞蹈着的时候，坐在圈子里面的村子里的姑娘们都在陆陆续续地朝这边看，而且悄悄耳语。 ……舞蹈一结束，姑娘们就用中国话叫起来了：欢迎王应洪唱一个！ ——她们甚至知道了他的姓名！ 战士们，包括连长和指导员在内，都轰地一下鼓掌了，而王顺就注意到，这时那个"人民军之妻"的脸上是闪耀着多么辉煌的幸福表情！ 王应洪很惊慌，哀求班长替他抵挡。 王顺站起来了，自告奋勇地说："我来唱！"可是姑娘们说，你也要唱，先让他来！ 这时连指导员跑过来了，像哄小孩一样对王应洪耳语着，把面孔通红的王应洪拉了出来。 王应洪敬了一个礼，终于低声地唱了一个歌。 大家沉静地听着，他唱得实在不好，战士们都替他捏着一把汗，可是姑娘们却听得出神——唯有那个"人民军之妻"带着一种担忧的、惊讶的神色。 歌声一停，从姑娘们里面爆发了热烈的鼓掌，于是王顺又看到了，那个也在轻轻鼓着掌的"人民军之妻"的脸上，闪耀着多么辉煌的幸福表情！

黄昏的时候，天气很晴朗，侦察排上阵地了。 他们离开村子的时候，村里的妇女儿童们都送到了村口，望着他们走下山坡。 金圣姬母女也送出来了，可是金圣姬现在却显得冷淡而严肃。 她跟在母亲后面，看也不看王应洪；她母亲摸摸这个战士又摸摸那个战士，最后就拉住王应洪的手，说着说着落下了眼泪，她却是一声也不响。 她慢慢走着——在她自己的独特的思想中。

战士们走下了山坡，一边走一边回头招手，喊叫，大家都舍不得这些已经变得如此亲爱的人，可是王应洪，既不回头也不说话，跑得很快，几步就奔下了山坡。

战士们走得很远了，在昏暗中看不见了，其他的一些送行的人也陆续回去了，金圣姬才突然哭起来，拿手巾掩着脸急忙地朝家里跑去。因为到连部去谈话落在后面，最后才赶着出村子的班长王顺，看见了这个。这姑娘哭着擦过他身边。

他停下来回头望着她，叹了一口气。

这姑娘呀，我也不是没有妻子儿女的人，这叫我怎么才能跟你解释呢？

他心里同时就更疼惜那个年轻的侦察员，这年轻人被这样的爱情包围着，可是自己不觉得，似乎还不懂得这个，一心只想着在战场上去建立功绩。于是王顺的眼前又一次地浮起了那遥远的和平生活，并且清清楚楚地意识到，这和平生活已经把那纯洁、心地正直、勇敢的年轻人交托给了他，在他的带领下，这年轻人正在大步走向战争，这个他还没有经历过的，他还不懂得的战争。

上阵地的第三天，听说战斗任务已经交给他们班，晚上就要出发，王应洪非常兴奋，就换上了那一套留了好些天的干净衣服。于是换衣服的时候他又发现了那双袜套，并且还增加了一条绣花的手帕，用中国字在两朵红花的上面绣了他的名字——很可能这姑娘是从他的背包或笔记本上模仿的——又在花朵的下面绣了几个朝鲜字，他想那一定是她的名字。这两个名字都是用紫色的线绣的。他顿时心里起了惊慌的甜蜜的感情。 第一个念头是想汇报给班长，但在从坑道里往外去的时候，他犹豫起来了。 他想，现在班长这么忙，马上要出动了……等完成任务回来再说吧。

当然这时候他是想留下那条手帕。 于是他把它仔细地折起来，放在胸前的口袋里。

黄昏的时候，王顺就带着他的班出发到敌后去了。 任务是捉俘虏。

用侦察员们自己的话来说吧，任务是艰巨的。 一个多星期以来，从敌人的炮火和敌人纵深里的活动情况上判断，前沿青石洞南山的敌人似乎变更了部署，而且似乎有发动进攻的模样；而我们又正在计划着一次规模较大的反击战，夺下敌人这条战线的咽喉——青石洞南山。 按照原定计划，这个战斗早些天就要发起了，一切准备工作都做好了，但是因为没有能最后地弄清敌人的变化而暂时地搁置了下来。 上级指挥机关迫切地需要一个俘虏，但师的侦察队出动了两次都没有结果。 战争两年多，敌人变得胆小而狡猾，俘虏不是那么容易捉到的。 因此，这次就把团的侦察排的最好的一个班拿出去，把本来预备作为重要的下级干部而提升起来的侦察功臣王顺拿出去，这样，就在全班唤起一种极其严肃的感情，大家都明白这是关系全局的重要任务，这次出去，无论如何也要捉到一个俘虏。 由于这种自觉的光荣意识，这个班里就升起了一股对敌人的傲气，在出动之前的紧张的准备工作里，他们的沉默的、严肃的、敏锐的神情和动作表示出来，无论是什么样的敌人，他们都要把他捏在手心里，只有他们先把敌人捏在手心里，全军才可以捏住前沿的山头，粉碎青石洞南山。 在班长王顺的身上，这种对敌人的傲气是表现在冷静的眼光、变得很慢的严肃的动作和沉默的严厉的神情里面的。 这负着重大责任的老侦察员是深知战前准备工作的重要的，他默默地、严厉地打量他班里的每一个人、每一支枪和每一双鞋带，不时地沉思起来，不耐烦和不相干的人说话，把那个跑来和他开了一句玩笑的连部通讯员一句话就熊走了。 但在年轻的王应洪的身上，这一股对敌人的傲气就表现在抑制不住的扬眉吐气的兴奋神色里，他无论如何也学不到班长的那股冷静。 因而，当连长陪同着团参谋长来看一看他们的时候，班长王顺严厉地、惊心动魄地喊了立正的口令，他就仰着头、挺着胸，冲锋枪斜挂在胸前，显出了那种特别吸引人的天真而高贵的神情。

认真说来，班长的这个和平常完全不同的立正的口令，才是他的军事生活里的第一课。 特别因为他怀里揣着那一条绣花手帕，这也才是他的明朗的人生道路上的第一课。 他的慈爱的母亲在贫苦的生活中给了他的童年许多温暖，这绣花手帕又给他带来了他所不熟悉的模糊而强大的感情，他现在要代表母亲，也代表那个姑娘——不论他对她如何冷淡，这一点是毫无疑问的——为祖国，为世界和平而战，这一切感触、思想、感情，都出现在班长的那个立正的口令中，或者说，因那个立正的口令而出现了；这立正的口令使他全心全意地觉得满足和幸福。

团参谋长是笑着走进坑道的，在王顺的立正的口令声中变得严肃了，一下子感觉到了这个班的这一股必胜的傲气，于是心里突然心疼起这些青年来。 他走到王应洪的面前就不觉地停了下来，对着这年轻的侦察员看了好一阵，严肃的脸上又露出了微笑。

"这就是他么？"他问连长。

连长没有弄清楚参谋长指的是什么，因为关于这个年轻人的所有的事情团里都知道，但他看出来参谋长是喜欢这年轻人的，于是高兴地回答说："就是他。"

"王应洪！"参谋长喊着，显出了幽默的神气，眼睛里闪出了友爱的光芒，看着这年轻人。

"有！"王应洪大声回答，下巴更抬高了一点。

"听说是——你曾经把你们班长俘虏过，俘虏他是很不容易的啊，有这么么？"

"那是……"王应洪说，他想说"那是班长让我的"。

但马上觉得这样讲述不合乎一个军人的性格，于是大声回答：

"报告，有这事！"

"唔，好！"参谋长显然很满意，虽然他早就知道这一切，"二班长，有这么么？"

"报告，有这事！"王顺骄傲地回答。 全班的战士们的脸上都出现了微笑。

从这两句回答，参谋长就看出了这个班是团结得很坚强的。他检查了他们的行装和伪装圈：一切都合乎要求。他简单地又讲了讲这次任务的性质，并且抽出一个战士来问了一下他们准备的有哪几个战斗方案，指示了两点，于是这个班就出发了。

他们悄悄地、疾速地通过了敌人的炮火封锁区，过了一条很浅的小河，顺着交通沟绕过一个山坡，潜伏着观察了一阵，就开始在黑暗中越过战线。

有一段路他们是在一片长满野花杂草的开阔地中间一点一点地前进的。左后面是我军的小山头，右边是敌人的山头，正往我军的阵地上打着机枪。这一阵机枪似乎帮助了他们，他们敏捷地跳跃着前进。王顺、副班长朱玉清，和其他的几个老侦察员都很熟悉道路和情况，这开阔地上不至于有敌人的岗哨：敌人不敢下来。他们刚通过不一会儿，就有一排机枪打在他们刚才越过战线的地方，显然敌人是用火力盲目地警戒着那里。现在侦察员们的目标是一百米外开阔地中央的一丛槐树，槐树丛里面有土坎，可能敌人在那里安置了哨兵，如果是这样，而且不超出三个人，那就一下子干掉敌人，任务就基本完成了；如果没有，那就先占据这槐树丛再来计议。他们用战斗的队形分三面迫近这槐树丛了。天气阴沉而且吹着小风，很利于侦察员们的活动。班长王顺在前面发出了记号，大家卧倒，听着动静。除了微风吹动树叶，和附近的什么地方有溪水的流响声以外，没有别的声音。开阔地上长着一些春天的金达莱花，王应洪轻轻地拨开他面前的花枝，希望能更清楚地看见班长。但在这个不知不觉的动作里，他却摘下了一个花枝，把它衔在嘴里。这是因为他毕竟是初上战场，而这附近的这一片寂静特别使他激动，于是，面前的清楚可见的一切，杂乱的小草和小花，就叫他觉得安全和亲切：这些随处可见的小草和小花，仿佛是熟识的友人一般，忽然间就替他破除了战场上、敌人后方的那种神秘可怕的感觉——虽然他不曾意识到自己的这种状况。他在激动中比老战士们想得多。他甚至于忽然想，现在他可以写信告诉妈妈，他到敌人后方来战斗了。把那花枝在嘴里咬了一阵，班长又做了记号，他们又前进的时候，他就把花不知不觉地拿下来塞在衣袋里。他没有意识到这个，也不知道这是为什么。也许他的头脑是曾经闪过什么念头，他做这点多余的动作是为了对自己表示沉着。也许他会写信告诉母亲的——他老人家把朝鲜战场想得才简单哩。现在他们到了槐树丛边上了——里面没有敌人。

他们决定再深入。他们有好几个战斗方案，现在时间还多，看起来他们还不必考虑到最后一个战斗方案，就是用火力向少数的敌人强攻。因此他们就放过了山坡上的几处地方，那里有敌人的帐篷，传来说话的声音。他们紧挨着山边的一条小路前进，这小路是敌人前后交通的一条次要的通路，一定会遇到什么的。他们前进得很慢，贴着山坡和路坎，走几步听一下。他们不断地听见附近的山头上、帐篷里敌人的哇哇的声音，有一次还听见一个醉醺醺的歌声。 枪声和炮声都落在他们远远的后面了。 紧张的感觉加强着。 快要走到小路转弯的地方，班长停下来了，向王应洪走来，对着他的耳朵说："往后传，在这里等，沿着路边拉开距离二十米一个，副班长带第二组到下边洼地里掩护……"这微小而又清楚的声音，好像不是班长的，好像是从很深的地底下传出来的一样。 他往后传了。 于是人们拉开了距离隐蔽了，现在，这个满怀激情的新兵，看不见他前面的班长，也看不见他后面的同伴了。

　　一点声音，一点动静也没有，王应洪贴在路边上杂草中间趴着，紧握着他的枪，并且摸了一下他腰上的手雷和加重手榴弹，以及那一把叫他觉得很威武的侦察员的匕首。 虽然他的理智告诉他，班长和同志们就在几十米的前后或周围，在各个地方隐蔽，但是他仍然禁不住觉得可怕的孤独。 他好不容易才抑制住他的冲动，就是，想往前爬一点，靠近班长，或者轻轻地喊一声试试——他多么渴望听见班长的声音啊。 他的思想纷乱了起来。 这样寂静，这样绝对的静止——这是和练兵的时候完全不同的，那时候在寂静中甚至还觉得有趣——他从来也不曾经历过，他甚至觉得自己已经被这深深的寂静所笼罩，所麻痹，不可能再从地上起来了。他用各种方法鼓舞自己，可是他的思想活动好像也是很困难的。 最初，他无论想什么，都不能摆脱这孤单和寂静的意识。 他努力去想到连队、团参谋长、亲人们……后来他又想着母亲，想着他满十岁时候，母亲才替他做了一件新棉袄，替他试这新棉袄的时候，母亲不住地把他转过来又转过去，拍着他的胸又拍着他的背，非常幸福地对父亲说："看，正合身！ 正合身！"忽然地他想到，母亲到了北京，在天安门见着了毛主席。 母亲拍着手跑到毛主席面前，鞠了一个躬。毛主席说："老太太，你好啊！"母亲说："多亏你老人家教育我的儿子，他现在到敌后去捉俘虏去啦。"于是他又想起了金圣姬，她在舞蹈。 看见了她的坚决的、勇敢的表情，他心里有了一点那种甜蜜的惊慌的感觉。 他说："你别怪我呀，你不看见我把你的手帕收下了吗？"可是金圣姬仍然在舞蹈，好像没有听见似的；敌机投下炸弹来了，那个"人民军之妻"紧抱着孩子仰起头来，她的嘴唇边上和眼睛里都有着悲愤的、坚毅的表情；于是那个英勇的人民军战士一下子出现了，他的胸前闪耀着国旗勋章。 ……但忽然地这一切都消逝了，仍然是面前的草叶、灰白色的寂静的道路。 想象着这亲爱的一切，一瞬间就排除了对周围的寂静的苦痛的感觉，一瞬间觉得，这并不是在敌人的旁边，而是在亲人们的中间。 但这些闪电一样的想象马上就被从心底里冲出来的对于目前的处境的警惕打断了，于是重新又感觉到那孤单、寂静……

多么漫长的时间呀。 但这时更紧张的情况到来了——传来了一大群皮靴踏在沙土路上、踩过草叶的声音，这声音立刻更响，更清楚了，而且连说话的声音也听得见了。 敌人，美国兵正在这条路上往这边走来。 他抓紧了枪。 在阴沉的天空的背景下，看得见那在草丛上面露出半截身子来的高大的敌人了，一个一个地从小路转弯的地方陆续显露出来，走得很密，总有一个排，有的还在吸烟，看得见那闪耀着的红火头。

现在那走在前面的几个美国人照距离看起来是已经走过班长的身边了，可是班长那里没有枪响。 如果有枪响，那他就会不顾一切地端起枪来冲上去，那样要好得多，可是现在不是这样。 没有班长的口令，谁也不能动的。 那么现在这些美国兵正朝自己走来……他忽然想：班长是不是还在那里呢？

如果班长不在怎么办呀？ 这想法好像很真实，于是他差不多想要开枪了，或者想要怎么样地动作一下，反正是要动作一下，因为他正躺在路边上。 但正在这个控制不住自己的时候，侦察员的铁的纪律使他的头脑一下子清醒了过来。

大皮靴杂乱地踏了过来。 ……这年轻的侦察员一动也不动，他的眼睛和枪口对准了他们。 这纪律的意识战胜了一切，完全改变了他的状况。 这就是，他意识到：他完全不属于自己，甚至也不属于自己的热情和勇敢，他的热情和勇敢必须绝对地属于伏在小路周围的黑暗中的他的班，而他的班属于他的连，他的团……绝对的寂静正好对他证明了他的班的威严的存在，他现在能够清楚地意识到他的班长和同志们的眼光和动作。 于是他觉得他是十倍、百倍地强大，寂静和孤单的感觉完全没有了，他有手榴弹和冲锋枪，在等待命令。这样，他的头脑就变得冷静而清楚，浑身都是无畏的力量——由于纪律的意识，他就从那个幻想着的热烈的青年，变成了真正的战士。

一个又一个的敌人踏过他的身边，有一只皮靴离得这么近，几乎踏着了他的肩膀。……他一动也不动，仇恨而冷静，像一个侦察员在这时候所应做的，数着敌人的数目，判断着他们的意图。敌人前后招呼着，走过去了。

班长那里仍然没有动静。

班长王顺决定放过这大约一个排的敌人，克服了战斗的诱惑——他的班是有可能歼灭这一个排的——那理由是不用说明的。但即使对于老侦察班长来说，克服这战斗热情的诱惑，也不是容易的，他有很多次这样的经验了。占着有利的地形，枪一响，盲目的敌人就成群地倒下，这是再好不过的事了。可是现在情形并不这么简单，他们是在敌人的纵深里，他不仅对他的班，而且对全军都负有重大的责任。而他的班，他从那绝对的沉寂里感觉到，现在是像他的全身的一部分一样，完全属于他的意志的，可是，不仅他们属于他，他也属于他们，在这种情况里要决断，是很沉重的。

是不是也有可能一下子歼灭敌人的大半，抓住了一个俘虏就立即撤退呢？当这个排的最后几个人通过他的身边，就是说，当这个排全部都落在他的班的范围里的时候，他这问着自己。但他本能地觉得事情不会这么简单。他伏在路边上的草丛里，看着那最后的一双大皮靴从他的面前两步远的地方踏过了，紧紧地咬着牙才克制住了他心里的复杂的激动。

他判断后面可能会有零散的敌人，于是决定继续等待。而这个时候他就更迫切地渴望着他的班继续保持着绝对的寂静，他心里不禁担心在他后面离他二十米远的那个年轻人——在这种时候，连老战士也有可能一下子弄出什么声音来的。初上战场时的那些感觉，他是记得很清楚的。当敌人经过他身边而向王应洪的位置走过去的时候，他替他感到苦痛的紧张。

于是，当他的班保持着绝对的肃静和隐蔽放过了这一个排敌人之后，从这深沉的肃静中听出来这个班的威严的呼吸和坚强的纪律，他就觉得喜悦，并且从心底里赞美起那个初上战场的年轻人来了。

果然后面有零散的敌人。皮靴踏在沙土路上的声音又传来了，一个影子在天幕下出现了。这个敌人走得有些蹒跚，一面走一面自言自语，好像是喝醉了。这正是机会。这敌人到了他的附近，他正准备着一下子跃出去的时候，前面的路上却传来了急促的脚步声，另一个敌人凶恶地喊叫着追上来了。

他以为他的班的行动被发觉了，但这时在他的眼前却出现了他所没有料到的事情：那追上来的敌人扑了上来就给了那第一个敌人一拳，那第一个敌人呜呜哇哇地叫着，在挨了

第二拳之后就回击了。 两个人打起架来。 侦察员的眼光看出来，这两个人都是军官。 于是他下决心趁这机会动手。而这时，好几个侦察员都从他们的位置上出来了：听着打架的声音，又被土坡遮拦着看不清楚，他们就以为是他们的班长在和敌人格斗。 班长王顺拔出锋利的匕首，跳上去捅倒了一个敌人，第二个敌人狂叫起来向前逃跑，却被王应洪一下子奔出来抱住了。 那敌人继续狂叫，王应洪恨透了这狂叫，用可怕的力量抱住他，几乎要一下子扭断他的筋骨，但这敌人却是意外的胆怯，在他的肩膀里好像是棉花团一样，顺着他的两臂的压力就抖索着对着他跪下来了。 班长奔上来用一块布塞住了这敌人的嘴，这样他们就得到了一个俘虏。

但这时远远地传来了枪声。 因为这个俘虏刚才的这一阵狂叫，刚刚过去的那一个排的敌人回转来了。 狂叫着，奔跑着，离这里还有五六十公尺远就胡乱地放着枪。 王顺命令侦察员们把俘虏拖到洼地里去，大家都向洼地里撤退，没有他的命令不准射击。 他们刚离开小路，敌人的那个排已经迫近到四十公尺，已经在路边上散开，开起火来。 并且右边山头上敌人的一挺机关枪也开起火来。

他们迅速地在洼地里退走，但到了洼地的中央，就叫敌人机枪的火力拦住了去路。 而敌人的那个排已经向他们采取了包围的形势。 于是王顺命令他的班散开来停止不动。 他仍然不还击。

这老侦察员并不是第一次遇到这种危急的处境。 他轻蔑这些敌人，他冷静地观察着情况，决心要把他的班，连同那个重要的俘虏，都带出去。　洼地草丛里的这种寂静使敌人不安了——到底这些人是怎么回事呢？　敌人不敢近来，只是架起了机枪朝这里那里地射击着，而右边山头上的那挺敌人的机枪，原来是胡打着的，这时反而向这挺机枪开火了。　敌人里面发出了几声号叫，显然是被自己的火力打倒了几个。　但后来就升起了一颗绿色的信号弹，山头上的火力停止了。

这时候王顺已经把他的班撤到一条干涸的沟里，占据了比较有利的地形。　情况很危急，山头上的敌人可能就要下来，这里再不能停留，于是他下定了决心了。　他命令王应洪跟着他留下来掩护全班；命令副班长朱玉清率领其他所有的人带着那个俘虏利用这条沟的地形向左后面撤退。　当他和王应洪打响，把敌人的火力全吸引过来之后，朱玉清就应该带着侦察员们往左边的山坡后面冲去，进入一片树丛。　除非敌人发觉了，进行追击，就不许回头。　天亮以前必须把俘虏带到家。

副班长朱玉清想要自己留下来，其他几个侦察员也这样想，但他们听完王顺的清楚、简单、小声的命令以后，就不再作声了。　班里的侦察员们大半都是王顺带领、培养出来的，连副班长朱玉清也是王顺带领出来的，大家都熟悉他的性格，对于这样的一个威望极高的班长和代理排长的命令，大家是无法说什么的。

于是人们开始撤退，抬着那个俘虏迅速地沿着小沟向左后面走去。 估计他们已经快要爬上开阔地，而敌人的机枪正封锁着那里，王顺就命令王应洪留在沟里，听他的动静，他自己就爬上了沟沿，像箭一般地一下子跃到十米外的洼地中央的一个小土包后面去了。 他一跃到那里就向三四十米外的敌人开火了，他打了一梭子就向右滚去，又打了一梭子，然后投出了手榴弹，并且喊着："同志们，三班的跟我来，四班的向右！"王应洪也开火了，他学习着他的班长，打了几枪马上又跑到另一个地点投出手榴弹，同样地喊着："五班的，在这里，同志们冲啊！"他真的觉得他和无数的人在一起战斗。

敌人的火力被吸引过来了。 这时候，苦痛地听着这两个战友的惊心动魄的喊声，副班长朱玉清和侦察员们带着俘虏安全地潜入了左山坡后的树丛。

班长不让别人，却让他留下来和他一同担当这个重要的战斗，王应洪觉得意外的幸福。 并且班长是这么干脆，没有说明为什么单单留下他，也没有对他特别嘱咐什么，这种绝对的信任就使得他处在他从来不曾知道过的光明和欢乐里。他简直忘了他还是第一次处在敌人的火力下面；在他的一生里面，这还是第一次战斗。 他觉得他仿佛已经是身经百战了——事实也确乎可以是这样的，当他屏息着趴在路边上，看着敌人的大皮靴踏过去而意识到战斗的纪律，并且随后他又活捉了那个敌人，使敌人在自己面前跪下，他的战士的心就迅速地成长了。

　　至于班长呢，他也说不明白为什么单单命令王应洪留下来。 他也许是赞美了这新战士刚才在潜伏中的沉着，在活捉敌人时的勇敢，想要锻炼一下这心爱的战士；也许是出于高贵的荣誉心，想要叫这年轻人看一看，学一学他这个老侦察员是怎样战斗的；但也许是想到了那件使他不安的爱情，金圣姬那个姑娘的眼泪。 谁知道呢，也许他觉得，叫王应洪留下来从事这个绝妙的但也是殊死的战斗，就会给那个姑娘，那个不可能实现的爱情带来一点抚慰，并且加上一种光荣。他是看见过那个姑娘的那么辉煌的幸福表情的。 这一点是确实的，因为那个姑娘的那种不可能实现的爱情，以及王应洪对这爱情的极为单纯的态度，他就更爱这年轻人了。 他的决定总归是和这有点关系的，在战场上，人们总是把最艰巨的任务交给最心爱的人的，虽然这时候他似乎并没有想到这一切。

　　总之，英雄的老侦察员和他的助手打得非常漂亮，掩护着全班撤退了。

　　敌人在打了一阵机枪之后，忽然地停了火，而且还后退了几米。 这奇妙的情况马上就揭晓了，原来敌人是非常隆重地在对待着这场战斗：空中出现了四五颗照明弹，随即就是一阵迫击炮弹短促地呼啸着落了下来，在这块洼地上爆炸了。 显然敌人已经用无线电报话机联系了他们的炮阵地。这个班最初的那一阵绝对的沉寂骇住了他们，他们总以为这里有很多的志愿军，随后王顺和王应洪的突然的开火和喊叫更使他们觉得是证实了这一点，于是他们就来正规化地作战了。 如果听一听敌人在无线电报话机里说些什么，以及敌人的指挥机关在怎样吼叫，确实会很有趣的——看到落在周围的炮弹，王顺不禁笑了，威风极啦，怎么不连榴弹炮也拿出来呀。

王顺滚回到沟里，命令王应洪停止射击，准备夺路撤退。

这时，按照美国的步兵操典，在一顿炮击之后，以机枪掩护，那一个排的敌人就从两翼包抄过来了，发出了呐喊的声音，卡宾枪打得像放鞭炮一样。 而且，右边山头上的那挺机枪也向洼地中央射击起来。

因为这洼地上的"战役"的巨大规模而快活，王顺就着手来还击。 这种快活的心情是战争里最可贵的，从这种快活的心情，他就做出了一个聪明而大胆的决定：从敌人阵线的正当中，就是从敌人的那挺机枪那里突破过去。 左翼的十几个敌人已经顺着土坡向他们这边扑来了，王应洪打了一串子弹，他却甩出了一个手雷。 这一声轰然的巨响使得敌人倒下了一大半，就在这当中，王顺招呼王应洪跟着他跳出了这条干涸的沟，又往右边的敌人群里打了一个手雷。 然后，完全出乎敌人的意料，这两个侦察员沿着一条土坎向着正当中的那挺机枪奔去了，而那挺机枪这时正向洼地中央的那个小土包周围热情地射击着，以为那里隐藏着志愿军的主力；而右边山头上的那个火力点，则是正在忙着射击洼地的后半部，确信这是封锁住了志愿军的退路。 并且，没有被打死的敌人，这时正向洼地的中央，连同着那条干涸的水沟，发起了勇壮的冲锋。

洼地上的"战役"，它的规模就是如此。 这时那两个侦察员却突然出现在敌人的纵深里，用不几发子弹结果了那两个机枪手。 王顺灵机一动，一下子扑倒在机枪的跟前，对准那些敌人射击起来了。 事情于是非常简单，他射击了半分钟不到，就结束了这个洼地上的"战役"，当剩余的、滚在沟里的敌人刚刚明白过来，又打出了信号弹的时候，他已经带着他的助手投入了黑暗的荒地，越过了一条小溪，跑进了大片的洋槐树丛了。

王顺在前面奔跑着，他的左胳膊负了一点伤，这时才觉得有些疼痛。 他听着跟在他后面的王应洪的脚步声，他忽然听出来这脚步声有些沉重，正在这个时候，右腿负伤的王应洪栽倒了。

他们两个都弄不清楚这是在什么时候负的伤。 王应洪身上的伤还不止一处。 在当时，他一点也不曾感觉到自己是负伤了，充满了胜利的快乐，无论手和脚都是灵活的。 但现在这些伤被意识到了，一经被意识到，它们就发作了，于是王应洪支持不住了。

王顺一声不响地背起他就走。 他们是一刻也不能在这附近停留的。 敌人的整个的阵地这时一定是在骚动着，加强了警戒，要搜捕他们的。

意识到这紧张的情况，王应洪就要求班长不要管他，但是班长理都不理他。在年轻的新战士的心里，燃烧着壮烈的感情，他觉得他已获得足够的代价，他从来不曾想到他第一次参加的战斗有这么辉煌，他觉得现在是到了牺牲自己，而让班长脱险的时候了。于是，当他们出了树丛，迫近了敌人的警戒线，班长把他放在一条土坎后面，爬上去侦察情况的时候，他就下了这个决心：一有情况，他就留下来——像班长刚才带着他对全班所做的那样，用自己的火力和身体掩护班长脱险。

现在他们正在敌人阵地的旁边，这已经不是他们来的时候那一片开阔地，而是一条狭窄的山沟。这是最危险的地带，一有动静，敌人两边山头上的火力网就会把这一条不到四十米宽的山沟完全盖住，而且，两边的山坡上都有敌人的警戒。他只是在沙盘作业上学习过这一带的地形，班长却是知道一切的。但现在他们显然无从等待或另外选择道路。班长看了一看情况回来，就决定拖着他沿着土坎往山沟中间的几棵大树里面爬去。年轻的侦察员既然做了决定，看看没法开口向班长说什么，就把自己的冲锋枪扣在手中。他也用他的负伤的肢体帮着爬，咬紧牙关来忍受可怕的疼痛。这是非常艰难的道路，每一分钟只能爬行四五米。班长侧着身子，用右胳膊抱着他的胸部，用自己负了伤的左胳膊撑着地面，一步一步地拖着他。

"班长……"他说。

"不许说话！"班长对着他的耳朵严厉地说。

"我牺牲了不要紧。"

"别说话，纪律！"

听到了这个，年轻的侦察员就不再作声了。

他们终于到了那几棵枝叶长得很稠密的栗子树里面了。

他们在一个小土包后面的草丛里潜伏了下来。现在又得再看动静。这时左右两边的小山头上，敌人互相地喊着他们听不懂的话，然后，就有三个巡逻兵从左边山坡出来，踏着草地慢慢地走着，端着枪，编成警戒的队形，向着这个栗树林走来。

"班长，"年轻的侦察员含着眼泪在恳求了，"我打响的时候，你从右边撤出去……"

班长掩住了他的嘴巴。这个动作是为了警惕，但也是因为难过，说这种话叫老侦察员太伤心了。为了防止这年轻人的意外的行动——他感觉得出来这年轻人身上有着怎么样的一种激动，他也知道，在负了重伤的时候，人们会想些什么——他就拿负伤的左胳膊用力地压住了这年轻人的握着枪的手。

三个敌人的巡逻兵沿着土坎和草丛搜索，慢慢地迫近了这小小的栗树林，其中的一个突然大吼了一声，于是王应洪震动了一下，但班长更用力地压住了他。老侦察员非常镇静，现在还不能判断他们是否已被发觉，因为敌人是常常要拿这一套来给自己壮胆的。三个敌人紧挨着走到这小栗树林来了，在离侦察员们潜伏着的土包三四米的地方站下了，往这边瞧着。

连老练的侦察员这时也有些迷惑了。但侦察工作中的律则支持着他，这就是，绝对不暴露自己。小风把粗硬的栗树叶吹得发响。这三个敌人互相说了什么，忽然地其中一个又向着右边吼叫了起来。于是他们走过去了。

大约二十分钟之后，侦察员们出了栗树林，沿着右边的山根一寸一寸地爬行，这一个拖着那一个。没爬行几十米，又出现了敌人的巡逻兵，于是紧紧地贴着地面伏着；愈来愈明显地感觉到年轻人身上的激动，王顺沉着地压着他的手腕，并且用力地捏了一下他的手。这个动作的意思是，他们是这样地相爱而血肉相连，他绝不能丢下他，而且，他还很有力量。……负了伤的特别艰难的行动，以及敌人的加强警戒使得他们一直到天亮还没有爬出这条山沟。

眼看着快要天亮，王应洪就又要求班长不要管他，他甚至于哄骗班长说，只要班长先走，他就能慢慢爬回自己阵地的。班长不理他，这沉默是含怒的。班长拖着他爬到一条长满杂草野花的小沟里，使他躺在一块比较干的地方，又爬过去慢慢地弄来一些草把沟边上细心地伪装起来——这两个侦察员就躺下了，在这条狭窄的沟里，着手来度过这个白天。

他们离山头上的敌人地堡仅仅三十米。但白天的情况也有有利的地方，因为我们阵地上的火力已经能封锁到这个山坡，敌人是不大敢下阵地来的。

班长替王应洪包扎了伤口，也把自己的伤收拾了一下。这年轻人的伤势使他痛心。 他竭力显得安静，拿出一块手帕来，在水里弄湿，轻轻地替他擦着脸。 然后就拿出了一个馒头——这老侦察员，是有着这种周密的计算的——分了一半给他。

可是王应洪一口也不肯吃。 他难过极了，意识到自己拖累了班长，这种心情比身上的伤还使他痛苦。 他透过面前的杂草，定定地瞧着辉耀着阳光的五月的天空，一动也不动。

"纪律，"班长对着他的耳朵说，"你是祖国的好青年，你是人民的好战士，吃这半个馒头，这是纪律。"

于是王应洪开始吞吃馒头了。

白天过去了，现在是要再等到晚上。 离自己的阵地还有两百米。 但班长的脸上却出现了愉快的神情。 他想要使这个年轻人改变心情，而且，胜利地完成了捉俘虏的任务，洼地上的那场杰出的战斗，对这年轻人所尽到的责任，这个狭窄的小沟里的神秘的隐蔽，这一切都使他变得像早晨的阳光一样愉快。 于是他躺在王应洪身边，几乎是全身都躺在湿泥里，对着王应洪的耳朵小声地、活泼地说起话来了。

"你猜我头一回当侦察员的时候是怎么的！ 一听见敌人的声音我就发蒙了，没有你这么沉着勇敢。 那时候我的政治觉悟也不怎么高，还想家哩。 我也是老战士一点一点带出来的。 咱们部队就是这样，一代传一代，一代比一代强——咱们的这个英勇顽强的老传统。我带着你这也不是为了你，这是为了咱们全军，也是为了人民和党的事业，你为啥要难过呢？"

王应洪不作声。他在想："难道不许我为了人民和党的事业掩护你撤退么？"

"今晚咱们肯定能回到家里，咱们要去见连长，见团首长，俘虏是你抓的，你这次的功劳我一定要给你报上去。连首长、团首长都在盼着你呢。"

"我没啥功劳。真的。我就是觉着我够本了，天黑了你先把我留在这里吧。"王应洪冷淡地说。

"不哇，同志。"老侦察员热烈地对着他耳朵说，"够本，这思想要不得，错误的。咱们革命的战士，共产党员，青年团员，不是这么容易就够本的呢。一代又一代的，战场上多少同志流血牺牲才培养出咱们来的呀，你算算这个账吧，歼灭了一个排的烂狗屎敌人就能够本？"沉默了一下，看见这年轻人仍然不作声，他忽然微笑着非常柔和地说："你还想着金圣姬那姑娘不？"

"没有。我从来就……"

"不是说的这。咱们也是为她，为老大娘战斗的，朝鲜人民血海深仇还没报，就够本？"这样他就把金圣姬姑娘也巧妙地拖到他的论据里面来了，他迫切地希望打动这青年战士的心，使他放弃那些苦痛的思想，"你说，咱们回到家，过些天再到村子看看，金圣姬跟她妈见到咱们可要多高兴啊，我要好好地跟她谈一谈咱们的这场战斗……"

他的眼前就出现了那姑娘的闪耀着灿烂的幸福的面貌。他并且又想到了舞蹈里的那个"人民军之妻"。在他命令王应洪和他一同留下的那个严肃的瞬间，以及在他拖着这青年爬进栗子树林的时候，这个灿烂的幸福面貌都似乎曾经在他的心里闪了一下。现在回想起来，好像确实是这样的。他替这个不论从军队的纪律，或是从王应洪本人来说都没有可能实现的爱情觉得光荣，于是他觉得，他拖着王应洪在山沟里一寸一寸地前进，除了是为了别的重大的一切以外，也是为着这姑娘。她曾经在那黄昏的山坡上掩面哭着从他的身边跑过，于是他觉得他是对她负着一种他也说不明白的、道义上的责任。他怜惜她不懂得战争，怜惜她的那个和平劳动的热望；他觉得他真是甘愿承担战争里的一切残酷的痛苦来使她获得幸福。于是，爬进栗子树林进入这条小沟，替王应洪裹着伤，要他吃馒头，拿纪律来强迫他，哄他，又对他小声地柔和地说着话，这一切动作都好像在对他心里的金圣姬姑娘说：你看，我是要把他带回来再让你看看的，你要知道我爱他并不比你差，我更爱他，而且，你看，我绝不是你所想象的那种不通情理的冷冰冰的人！

说来奇怪，他所担心、所反对的那个姑娘的天真的爱情，此刻竟照亮了他的心，甚至比那年轻人自己都更深切地感觉到这个。那年轻人沉默着，透过面前的草叶和几枝紫红色的金达莱花望着明朗的开空，他此刻没有想到这个。从敌人在他的眼前出现以来，他一直忘了这个，但在刚才班长说到纪律的时候，他忽然意识到他有件什么事情做得不顶好，接着，班长说起了金圣姬，他才想起来这件办得不怎么好的事情就是他口袋里的那一条绣花的手帕。 他现在觉得这件事情没有什么道理。 他的那种年轻人的惊慌而甜蜜的幼稚心情，已经被激烈的战斗和对任务、对班长的严重的意识所抹去，似乎是在他的心里一丝一毫也不存留了。 他所不满足的仅仅是他没有能及时地掩护班长出险，此外他在生活中就不再需要别的什么东西了，何况那个他从来也没想到过的爱情。 他也不理解那个姑娘的要建立一个和平生活的热望，她离他似乎很遥远、很遥远了。 ……他觉得，他没有及时地把手帕的事汇报给班长，是一个错误。 这样，他就摸索着把那条折得很整齐的手帕从胸前的口袋里拿出来了。

"班长，我还没跟你汇报，"他平静地说，"这是她又塞在我的军服口袋里的，昨天换衣服才发现……还有那双袜套。"

班长接过去，展开那手帕来看了一看，想了一想，就又替他塞回口袋里去了。

"你留起来吧。"

"不，这违反纪律。"

"我相信你，同志，留着吧。"班长温和地说。 这手帕此刻竟这么有力地触动了他，使他又想起了金圣姬的所有美好的希望——而这美好的希望竟是不能实现的。 在将来，他们终归会给这姑娘奋斗出一种和平的生活来，她将要结婚并生育儿女，那时她会怎样来回忆现在的这一切呢？"回去我汇报给连部，"他又说，"我想连部会同意你收下的……在这件事情上，没有哪个同志会批评你不对的。"

"我要这个没有道理呀。"年轻的侦察员坚持地说。

"你留着吧。"班长同样坚持地说。

他们沉默了下来。 远远的战线上有炮声，可是周围很沉寂。 王顺继续想着这件事，这条手帕，女孩子家的希望，并且拿它来和他们眼前的处境对比——眼前是毫不容情的战争，他们躺在敌人阵地上的这个泥沟里。 他想，女人们是不了解这些的，当然，这也不必要了解。 比方他那个老婆吧，离别六年了，来信总是以为他还是六年前的那个爱嬉闹的青年，总是嘱咐他饮食要当心，早晚不要受凉——也不知她是托村里的哪位老先生写的。 在和平的日子里，真是连伤风咳嗽也要担心，可是现在他是一个身经百战的老侦察员，不仅不再是爱嬉闹的青年，而且还规规矩矩地在无论什么泥沟里一潜伏就是几个钟点。 早晚不要受凉！ 这真是从哪里说起呀。 ……可是这种思想却也牵动了他的一点回忆。 老婆的信里说：女儿已经上小学，认得一百二十一个字了。 他好一阵子想着这一百二十一个字，并且拨弄着手指，想要弄清楚这一百二十一到底是多大的一个数目。 一下子他惊讶了："我在这么大的时候，一个字也还不认得呀！ 这数目不小呀！"透过草叶，有一线阳光落在他的脸上，他闭了一下眼睛，忽然比任何时候都更深、更鲜明地感觉到他所从事的战斗的伟大意义。 在敌人阵地上的这个小沟里，他清楚地看见，那扎着两条小辫子的、认得一百二十一个字的小姑娘在他所耕种过的田地边上跑过，还背了一个书包！ ——这个他在中间度过了将近二十年的受苦的日子的家乡，这个生了他、养育了他，用地主的皮鞭迎面地抽击过他的家乡，从来不曾这么亲爱过！

"我忘了告诉你啦，"他对着王应洪的耳朵小声说，"我的八岁的女儿秀真，她认得一百二十一个字啦。"

王应洪转过脸来，微微笑了一笑。 他当然高兴听到这个，可是他实在不很了解，班长此刻为什么会这么愉快。 他觉得这一切只是为了安慰他，可是他是怎么也不能忘记目前的处境的。 他摆脱不开这个思想：要不是他，班长早就脱险了。 而且他身上的伤口痛得像火烧一般，浑身都没有力气，这就使他对今天晚上的路程更为担心。 总之，他的思想是纷乱而苦痛的。 渐渐地他抵抗不住身体的疲劳，迷迷糊糊地睡去了。 那些苦痛的思想在睡梦中还继续了一会儿，他梦见敌人包围了他们，他想要冲上前去掩护班长，可是他的四肢无论如何也不能动弹。 接着，他的梦境变得柔和起来了，年轻的、孩子似的心灵活跃起来了，他梦见了纺车在他的眼前打转——母亲在摇着纺车。 仿佛是病了，母亲在守护着他，对他说："好好睡吧，一觉睡到大天亮就好啦。"他说："不用，上级给了我重要任务！"于是他向敌后出发。 忽然地金圣姬跑了出来，问他："我的手帕你留着啦？"他说："留着啦。"这时朝鲜姑娘们一起围上来了，赞美地看着他胸前的国旗勋章，欢迎他唱歌，他很慌张，想要躲藏。 金圣姬说：我代表他吧！ 于是舞蹈起来。 她不是在别的地方舞蹈，而是在北京，天安门前舞蹈，跳给毛主席看。 母亲和毛主席站在一起。 舞蹈完了，金圣姬扑到母亲跟前，贴着母亲的脸，说："妈妈，我是你的女儿呀！"毛主席看着微笑了，毛主席并且也看了看他，对他点点头，他也没有忘记敬了一个礼。于是他坚强而快乐，继续向敌后出发，走进了一条狭长的山沟……他心里一惊，苦痛的感觉又恢复过来，他醒来了。 那在旁边睁着眼睛守护着他的，不是母亲，而是班长。 看见他醒来，班长碰碰他，兴奋地小声说："你听！"

他疑惑地听了一下，没有听见什么。

"这还听不出吗？ 我们的榴弹炮——打青石洞南山。"

果然的是：我们的榴弹炮在向右边的小山头后面的敌人的青石洞南山射击。 这不是平常的单发的冷炮，这是急促射，是排炮，每一次总有二三十发炮弹呼啸着穿过他们右前方的天空，然后就传来巨大的隆隆爆炸声，连这小山沟里也充满回响。 王顺听着这个已经好一阵了。"再来三排，再干！"于是，好像是受着他的指挥似的，一排、两排、三排炮弹过来了。 于是他判断着，这一定是副班长他们已经把俘虏弄了回去，情况已经判明，说不定今天晚上就要发起那个准备已久的对青石洞南山的反击战。 他把这个判断告诉了王应洪，于是他们兴奋地听着射击声。

不久，在他们后面的一些山头上，传出了敌人的重炮出口的声音，炮弹尖厉地划过空气从他们的顶空飞过去了。 在重炮的射击声中，离得很近，还有一个化学迫击炮群的动作。 老侦察员的耳朵清楚地判断着这些。 有一个重炮群似乎是新出现的，而附近的这个迫击炮群，在这以前更是不曾射击过的，它的位置很利于控制我军向青石洞南山右侧运动的道路。 显然敌人最近布置了许多诡计，我军必须争取时间。 他兴奋得甚至有些焦躁了，很懊悔自己不曾携带一个无线电报话机。 我们的人有没有弄清楚敌人的炮阵地的这些变化呢？

就像是回答着他的焦心的疑问似的，我军的重炮向着敌人纵深里的重炮阵地，以及附近的这个迫击炮群还击了——也是排炮。 落在附近的山头上的巨大的爆炸使得躺在狭窄的小沟里的这两个侦察员就受到了激烈的震动。 显然我军一下子就对准了敌人的新出现的炮阵地。

"肯定了！ 肯定！"王顺说。 俘虏已经捉回，今天晚上就会发起战斗，这个他现在完全肯定了。

他是多么兴奋啊！ 我军的猛烈的炮击，山沟里的巨大回响，狭窄的小沟里的激烈震动，这一切，使他觉得这是他的部队、首长、同志、亲人们在呼唤他，因那个"洼地上的'战役'"而欢笑，因他的苦痛而激怒，在支援他。

可是，对于侦察员们最爱听的我军的炮兵的这个合奏，王应洪却没有他的班长这样兴奋，虽然听着这些声音他的睁大着的眼睛也在发亮，并且嘴边上不时地闪过一点严肃的微笑。

初上战场时的那些幼稚的激动已经在他的身上消失了，他忍受着他的伤口的痛楚，变得这样的沉着安静，虽然他刚才还以他的全部的年轻的热情梦见过金圣姬，但在清醒的时候他却对这个很冷淡，他觉得他心里很坚强。于是，看起来他的年龄仿佛一下子大了许多，仿佛他已经是身经百战的老兵，而那个热情的班长倒反而更像个青年了。

炮战沉寂下来不久，天就黄昏了。黄昏好像很长，很难耐，但天色毕竟黑了下来。这一天毕竟安静无事地过去了，王顺兴奋地准备出发。他甚至于有兴趣注意到了沟边上的那几棵紫红色的金达莱花，折下了一个带着两朵花的很小的花枝，插在王应洪胸前的衣袋里，并且开玩笑地说："替咱们那姑娘带朵花去，气死敌人吧。"

天黑定了下来，他们爬出了这隐蔽了一整天的小沟，王顺拖着王应洪，向前爬行。

可是王应洪仍然怀着昨天夜里的那个决心。这决心愈来愈坚强。因而，当两个敌人搜索着巡逻过来，他们又隐蔽在土坎边上的时候，他就悄悄地向前爬行——王顺一下子拉住了他。但今天晚上星光明朗，他们的特别艰难的行动终于叫敌人发觉了。在草丛里又爬行了一阵之后，山边上传来了吼叫，立刻，两个敌人向着这边开着枪扑过来了。王应洪喊着："班长，你快走！"投出了手榴弹而且向前滚去。 王顺冲上去打了一梭子子弹，打倒了这两个敌人，背起王应洪就跑，敌人从山边上陆续出现，卡宾枪打了过来——现在用不着再爬行了，没有办法再隐蔽了，于是王顺背着王应洪用所有的力气奔跑起来，在黑暗中高一步低一步地奔跑着，周围飞舞着敌人的盲目的枪弹。

还有五十米不到，就是敌我之间的开阔地了，冲过去！还有三十米……还有十米了！ 但敌人追上来了。

"班长，班长！"王应洪喊着。

又跑了两步，王顺一下子卧倒，把王应洪放在一块石头后边，说了一句："你别动，放心吧！"就滚向旁边的一个土包，着手来和敌人做最后的决斗。 约有一个班的敌人投掷着手榴弹卷过来了，突然地王应洪跪了起来——他居然还能跪起来——投出了手榴弹，而且越过那块石头一直迎着敌人滚去。 王顺心里像刀割一般，用冲锋枪掩护着他，打完了剩下来的半梭子子弹。 凶恶的敌人卧倒了一下又站起，继续冲来。 王应洪就整个地出现在敌人面前，拦住了敌人，进行决战了。 敌人蜂拥上来，想要活捉他。 他打完了冲锋枪里面的子弹，一下子站了起来，用他的负伤的腿向前奔去，奔到敌人的中间，火光一闪——一个手雷爆炸了。

剩下来的几个敌人竟不敢再前进，而这时我军阵地上的火力支援过来了，我军的前沿部队出动了……

苦痛的班长王顺，抱回了这个崇高的青年。 敌人向王应洪拥来的时候他就向前奔去，投出了他那么宝贵的存留着的两颗手榴弹……然后，他就扑倒在王应洪的身边了，喊着他，抚摩他，推着他，可是他不再动弹了。 但他仍然似乎听见了王应洪的柔和的、恳求的声音："班长，我打响的时候……"他哭了，可是他自己不觉得。 他以愤怒的大力抱起他来，在呼啸的子弹下，背着他跑过了最后的那几十米的开阔地，跳进了交通沟，对于就在他的头顶和身边呼啸着的子弹，他抱着绝对冷淡的、无动于衷的心情，好像它们是绝对不能碰伤他似的。 跳进了自己阵地的交通沟，听见了自己人的声音，他就在一阵软弱里倒下了，但头脑仍然很清醒，紧紧地抱着王应洪，喃喃地说："王应洪，我们回来啦！"……

夜里十点钟，根据从那个俘虏那里得来的情报——这居然是个上尉，从他的身上搜出了一份文件——我军发动了对青石洞南山的攻击，一个钟点以后就全部地歼灭了山头上的两个加强连的敌人。

班长王顺苦痛了很多天，他的身上揣着那一条染满了血的手帕。 他先是把这手帕交给了连里，可是后来，团政委找他去谈话，又把这手帕还给了他。 团政委详细地问着他们在敌后的一切，那年轻人曾经说过些什么话，以及洼地上的那一场战斗是怎么进行的。 后来，沉默了一阵，就嘱咐他去看一看那个姑娘，把这件纪念品给她。 政委说，依他看来，去看一看那两母女，告诉她们这件事，是比较合适的。 王顺也这样想，可是好久都很难有这个勇气。 这天早晨，上级给王应洪追记一等功的通报发下来了，他心里稍稍安慰了一点，就请示了连部，走下阵地来了。

金圣姬母女不知道这件事情。 她们怎么能够知道那敌后的潜伏、洼地上的"战役"、栗树林中的爬行，她们怎么能知道这些呢？ 她们日日夜夜地望着闪着炮火的前沿，那里有她们的战士们，她们为他们洗过衣服，那里有那个心爱的青年，虽然他好像一直不懂得她们的心愿，但她们觉得，他终归是会要回来的。 为什么不呢？ 人们说到中国军队的纪律，可是在她们看来，这与纪律有什么关系呢？

听说班长来了，金圣姬兴奋得像一阵风一样地从屋子里跑出来了，老大娘也笑着迎出来了。 好几个妇女跟着进来了，因为她们好久没见到这些熟识的战士了。 不一会儿，小院子里已经围满了人。

班长王顺看了一看周围：自从他们上阵地以后，这院子里看来是没有什么变化。 水缸也还在那里，装酸菜的坛子也还在那里，墙上的牵牛花开得很好。 他甚至还注意到了支在水缸后面的那个打老鼠的小机器，那是王应洪帮老大娘做的。

他坐了下来，对大家问了好以后，就不知道要怎样开口。 母女两个，以及院子里的妇女们，都看着他。 终于他简单地说起了他们的胜利，王应洪的牺牲，同时取出了那条绣着两个名字的、染满了鲜血的手帕。

在他一开口说话的时候，金圣姬的眼睛马上睁大了，嘴唇有点发抖，脸色苍白起来，这敏锐的姑娘已经猜到了。 老大娘在看见了这条手帕的时候就哭起来，院子里的妇女们都哭了，可是金圣姬却不哭，只是脸色非常苍白，眼睛发亮，一动也不动地看着王顺和他手里的手帕。 王顺在妇女们的哭声中继续慢慢地、困难地说下去，把手帕交给了金圣姬，随后又取出了一个纸包，从纸包里拿出了一张王应洪的照片。

老大娘哭得很厉害，可是金圣姬不哭。 王顺注意到，这姑娘竟有这样的毅力，她一件一件地接过了东西，甚至还没有忘记把它们好好地折起来，包起来。 只是她的眼睛更亮，睁得更大，脸色更苍白。

后来，王顺坐在踏板上，低着头，好久说不出话来。 妇女们忍着泪肃静地看着他。 他想要说一些话，政委也曾经嘱咐他说一点话，他想说："为了人类的美好的生活，王应洪同志英勇牺牲了，请你们不要难过，我们志愿军全体战士，要为这美好的生活战斗到底——请你们，请你，金圣姬同志，永远地记着他吧。"这庄严的言语来到他的心里了，可是这时候金圣姬一下子站了起来，对着他伸出手来，握着他的手并且直直地看着他的眼睛。 忽然地她的手松了，她转过脸去用另一只手蒙住眼睛，她的身体在微微颤抖着，但马上她又转过脸来直直地看着他，紧握着他的手。 这姑娘的手在一阵颤抖之后变得冰冷而有力，于是王顺觉得不再需要说什么了。

一

在铁工房的平坦的屋脊上，白汽从蒸汽锤机的上了锈的白铁管里猛烈地发着尖锐的断声喷出来。夜快深的时候一切都寂静了，只有那大铁锤的急速而沉重的敲击声传得很远。深秋的月亮在山洼里沉静地照耀着。

和铁工房并列的较大的一座同样长方形的灰屋子是机器房；它的工作已经停止，车床和钻眼机在被昏暗的灯光所照射的油污的烟雾里沉闷地蹲伏着，闪着因烟雾的凝聚和滚动而稍稍浮幻的严冷的光辉。刚刚下九点钟的晚班，年青力壮而且也愿意竭力忘去灰暗的生活，在这样清爽的夜晚寻一些准备带给沉重的睡眠的肉体愉快的机器工人，这时候散在两列屋子之间的广场上，以坚毅而轻松的姿势打着太极拳，一面在嘴里轻微地吹哨，交换着温和的咒骂和友谊的粗野的玩笑。张振山从机器房里走出来了。他对散在广场上的人的娱乐显得漠不关心，仅仅以一种望向河流的暧昧的彼岸似的眼光瞥了一下最前面一个人的努力张着大嘴的圆脸。 他的宽肩的笨重的躯体，在正前面的机电房窗楣上的灯光的映照下，移动得异常迅速，而且带着一些隐秘意味。 有一个瘦小的身体从房屋的平整而稀薄的暗影里弯着腰跃上两步，截住他，用羡嫉的恶意的小声喊："张振山，又去了！"

张振山像碰在墙壁上一般突然停住脚，狠毒地嗅着鼻子，瞪了这瘦小的人形一眼。 但在跃上一个小土丘之后，他又因为某种想头而回过头来，用那种像从空木桶里发出来的深沉的抑制的大声回答："小狗种！ 杨福成，我明天请你喝一杯！"

被叫作杨福成的干瘦的汉子发出了一声兴奋而又惶惑的大笑。 但当他困恼于不能从一瞬间突然交进的各种情绪里，反射出一句对对方讲是十分恰当的话的时候，张振山已经越过土丘，钻到一丛矮棚里去了。 他酸酸地吐了一口口水，屈辱似的烦恼地搔着肮脏的厚发，然后就在破工服上擦擦手，把手摊开，神经质地做了一个表示空无所有的姿势。 连打拳的兴致都没有了，他叹了一口气，独自走到工人澡堂侧的小酒摊面前，一面用手在荷包里摸索……

现在，铁工房的打铁的声音和蒸汽的咝声也静止了。 张振山顺着峭陡的小路爬上山巅，经过矿洞的风眼厂，弯到一个丛生着杂木的山坳里去。 在一座破旧的瓦屋背后，他寻着了猪栏旁边的他已经很熟悉的一块长石头，坐下来，开始抽烟，等待着十点钟的上夜工的汽笛。

在隔着一个圆顶的土峰的右边山脚下，是闪耀着灯火的卸煤台，是精疲力尽的劳动世界——是张振山的生命里的最富裕的一部分；而在他后面对着的左边遥远的山脚下，那些宁静的映着月光的水田，那些以虔诚的额对着天空的小山峦，那些充满芬芳的暗影的幽谷，却使他皱起嘴唇，感到陌生的甜适、焦灼和嫉妒。他用这样的姿势坐在这里现在是第六次了；在十点钟的汽笛拉了以后，像一匹野兽一般扑到面前这瓦屋里去，现在是第五次了。

……刘寿春，那个患着气管炎的鸦片鬼在门前的土坪上谁也听不清楚地咒骂了几句之后，就摸索着通到风眼厂的小路，下到矿区里去了。送着他的，是他的女人郭素娥从屋子里发出来的一声怨毒而疲乏的叹息。张振山推开了门，把结实的身躯显现在微弱的灯光里。

"我来了。"走到桌边，他耸一耸肩膀，露出一个坚定的微笑，说。

郭素娥睁大修长的疲倦的眼睛望着他，仿佛他是一个陌生人似的。但是当她掷一掷头发，把手下意识地抬到脸上去时，这眼睛里就一瞬间被一种苦闷而又欢乐的强烈的火焰所燃亮。她迅速地站起来，走到门边，扯起敞开一半的上衣的里幅擤鼻涕，然后又用手揩掉，一面向门外探望着。

张振山露出洁白的大牙齿，以仿佛蒙着烟火的眼睛贪婪地瞧着女人的露出在衣幅里的，褐色的大而坚实的乳房。

"他下去了。"扶着门，郭素娥嘶哑地说，然后俯下头。在乱发的云里，她的脸突然欢乐地灼红了。

张振山在小屋子里笨重地蹒跚着。 在关上门的时候，他抓住了扶在门边上的女人的发烫的手，猛然地掷了一下，然后又把她的整个的躯体拉来。

"怎么办呢？"郭素娥战栗地问。

"就这样办！"

在这粗野的回答之后的一秒钟，屋子里的仅有一根灯草的油灯就被张振山的大手所扑熄。 灰白的阴影在战栗，郭素娥发出了一声梦幻似的狂乱而稍稍带着恐惧的呜咽。

郭素娥是陕南人。 父亲顽固而贪欲，因此也极能劳作。他用各种方法获取财物，扩充他的薄瘠的砂地，但一次持续的可怕的饥馑，终于把他们从自己的土地驱逐了出来。 就在郭素娥后来住的这山丛里，他们又遭遇了匪。 父亲因为拼命保护自己的几件金饰，便不再顾及女儿，向山谷里逃去，以后便不知下落了。 郭素娥，在那时候是强悍而又美丽的农家姑娘。 她逃避了伤害，独自凄苦地向东南漂流。 但她绕不出这丛山，在山里惊惶地兜了好几天之后，她才发觉自己还是差不多在原来的地方。 她饥饿，用流血的手指挖掘观音泥，而就在观音泥的小土窟旁边，她绝望地昏倒了。 ……两天后，她被一个中年的男子所收留，成了他的拣来的女人。

刘寿春比她大二十四岁，而且厉害地抽着鸦片。 在那时候，他是还有一份颇有希望的田地的。 他是还能够抢到一些包谷，足以应付饥荒，在乡人们面前夸耀的，但五年之后，便一切精光了。郭素娥现在远离了故乡和亲人，堕在深渊里了；她明白了她自己的欲望，明白了她的平凡的生活的险恶了。

四年前，工厂在原来的土窑区里，在山下面建立了起来，周围乡村的生活逐渐发生了缓慢的波动，而使这波动聚成一个大浪的，是战争的骚扰。厌倦于饥馑和观音泥的农村少年们，过别一样的生活的机会多起来了。厌倦于鸦片鬼的郭素娥，也带着最热切的最痛苦的注意，凝视着山下的嚣张的矿区，凝视着人们向它走去，向在它那里进行战争的城市所在的远方走去。

她开始不理会丈夫，让他去到处骗钱抽烟，自己在厂区里摆起香烟摊子来。她是有着渺茫而狂妄的目的，而且对于这目的敢于大胆而坚强地向自己承认的——在香烟摊子后面坐着的时候，她的脸焦灼地烧红，她的修长的青色眼睛带着一种赤裸裸的欲望与期许，是淫荡的。终于，那些她所渴望的机器工人里面的最出色的一个，张振山，走进她的世界里面来了。这是非常简单的：在探知了她的丈夫是一个衰老的鸦片鬼时，他便介绍他到矿里来做夜工；就在鸦片鬼来上工的第一个夜里，他在山巅的小屋子里出现了。当然，女人没有拒绝。

现在，郭素娥热切地把她的鼻子埋在这男人的强壮的，濡着汗液的胸膛里，狂嗅着从男人的胳肢窝里喷出来的酸辣而闷苦的热气。 她的赤裸的腿蜷曲地在对方的多毛的腿边，抽搐着；她的心房一瞬间沉在一种半睡眠的梦幻的安宁里，一瞬间又狂热地搏动，使她的身体颤抖，仿佛她只有在这一瞬间才得到生活——仿佛她的生活以前是没有想到会被激发的黑暗的昏睡，以后则是不可避免的破裂与熄灭似的。

"到冬天……我们就不能了，冬天……"她的嘴唇在张振山的胸肌上滑动，送出迷荡的热气，"冬天老鸦片鬼总生病，不会上班……要是给人家知道了，好在……"她的手狂迷地抓住了张振山的肩头，"你带我……走罢……"

张振山笨重地转了一下身体，用大手攫住郭素娥的乳房，随后，便像马一般地喷出鼻息，喃喃地用深而阔的声音说："我不想想这些。 冬天，有冬天的法子。"

他激烈但是短促地笑了一声，眼睛里泛起青绿色的光，从鼻尖上望着郭素娥。

"我没有办法了。"郭素娥失望地说，声音是沉闷的；而且像堕失到泥土里去似的，这声音在最后突然停止。"你是个怎样的人呢？"沉默了一下之后，她突然提高了她的枯燥的嗓音，问。 接着便稍稍地坐起来，摸索着衣服。

"不要穿，呸，羞吗？"张振山带着温和的讥刺说，一面向地上吐着口水。

"你，你，哼，你！"女人跷着多肉的手，"你，我想过，也是一个无赖的恶人！ 我是婊子吗？"她把衣服蒙住脸，最后一句话是从衣服里窒闷地说出来的。

张振山扯去了她的衣服，用臂肘撑着上身。

"我问你。我这个人也有些好的地方吗？"在黑暗里，他严厉地皱起眉头。

郭素娥不解地怨恨地望着他。

"我晓得？"接着她说，"我问这些干啥子？……你懂得我还想什么？我蹲在这里八九年了；小时候，做梦都不知道有这座山，有你们这些人哩。一辈子可以没闲话地过完……现在哪，啥子都没有了。"她的手在黑暗中抓扑；她的干燥的声音摇曳着，逐渐渗进了一种梦幻的调子，"我时常想一个人逃走哦，到城里去。到城里，死了也干净，算了。……哦，我不想再回家啦！没有亲人！……"她突然昂起头，破裂地叫了出来，但立刻，她的尖利的声音又变成了柔软而急促的耳语，"你，你也是个无聊的人。……"

张振山弯过硬手去搔着背脊，烦躁地沉默着皱起眼睛从侧面望着激动的郭素娥——望着她的在灰绿的微光里急遽颤动着的、赤裸的胸，她的在空中恼恨地像要撕碎障碍着她的幸福的东西似的，激烈地抓扑着的白色的手，和她的埋在暗影里，漾着潮湿的光波的眼睛。……他狡猾而讥刺地望着，一面用手指拧着光滑的唇皮。但是当他把手伸向女人的胸膛去的时候，他就恼怒起来，半途掣回手，握成一个威胁的拳头。他为什么要屈服在这小屋子里呢？他为什么要让一个女人批评他，并且告诉他，他应该怎样做，贬抑他的性格的恶毒的光辉呢？

"呀呀，你不晓得。"他冷淡地说，装出一种疲乏的样子吐着痰。

"穿上你的裤子吧。"

"你是哪里人？"郭素娥突然问。

"问家谱吗？江苏。"他重重地跃下床来。

"你现在好多钱一个月？"

"没有打听过吗？"摩擦了一下手掌之后他又问，用一种粗暴的声调，"你要钱吗？"

"我——要！"郭素娥同样粗暴地，怨恨地回答。

张振山惊愕地耸了一耸肩膀。他没有想到他会遭到这样的敌手，他没有想到郭素娥会有这样的相貌的。当郭素娥向他叙说她的热望的时候，他避开她的真切，认为只要是一个女人，总会这么说；但是当她怨恨地，以一种包含着权威的赤裸裸的声调说出"我——要"来的时候，他却惊讶，以为除了娘子以外，一个女人是决不会这么说的了。而郭素娥，能够坦白地怨恨和希冀，能够赤裸裸地使用权威，绝不是妓女，是明明白白的事。

他现在仿佛又听见了她的热烈的叙说，而且仿佛他自己施放的烟幕已经被疾风吹散，再要认为一个女人总会对她所要求的男人这么说，是不可能的了。他在肩上偏着硕大的头，从暧昧的光线里向披着衣服的郭素娥凝望着。一瞬间，在他的内部的某个遥远的角落里，有一种他所陌生的东西震动了一下。他甩着肩上的衣服，垂下手来，缓缓地从齿缝里叹了一口气。

"我的钱花到下一个月去了。 这是一种很乐意的过活呀！"他这一次把他的讽刺的毒芒对着自己，"喝一杯，请客，赌一局……不过我们本来就不多。 ……那些婊子操的老板才多呢。 ……"他本来想接着说："你找一个老板罢！"但是这句话从他的干裂的唇间化成一个激烈的吹啸曳到空中去了。

他带着一种有些滑稽的亲切走向郭素娥，搂抱了她。

"你很不错呢。"他嘶哑地说，摸索着她的身体。

郭素娥打了一个寒战，挣脱他，扣紧了衣服，向门边走去。 在打开了的门框中间，深夜的凉风将清丽的月光吹在女人的灼热的肉体上。 张振山挨着女人的肩走出了屋子。 站在土坪中间，向远远的山坡上的萦绕着雾霭的肃穆的松林凝视着。 但是当他恼怒地触着了裤袋里的两张纸币，转回身子来，准备把它交给女人的时候，屋门已经关上了。

他在门上狠狠地捶了一拳。

"你还不走！ 人家听见了！"在门缝里探出头来的女人小声说，但是在她的声音里含有一种不可解的希望，和一种不可思议的对自己的话的否认；她的声调使人家暧昧地觉得，当她这么说的时候，她只是表明着与她的话句完全相反的意思而已。

"拿去吧。"张振山在奇异地望了她一眼之后，把二十块钱递了过去。 一分钟之后，他的庞大的强壮的身影隐没在隔开这小屋与矿洞的风眼厂的，孤独的长着两株小杉树的山坡后面了。 郭素娥苦痛地叹了一口气，关上了屋门。

当她在窗洞前借着灰绿色的月光窥看着两张纸币的时候，她牙齿在嘴唇间露出，激烈地磕响了起来。

"你说，这两张纸是啥意思呀！"把纸币捏在发汗的手掌里，她望着窗洞外的晶莹的天空，发出了她的沉默的狂叫。

二

张振山，有着一副紫褐色的，在紧张的颊肉上散布着几大粒红色酒刺的宽阔的脸，它的轮廓是粗笨而且呆板的，但这粗笨与呆板再加上了一只上端尖削的大鼻翼的鼻子，和一对深灰色的明亮而又阴暗的眼睛之后，就变成了刚愎和狞猛。 有时候他的薄而锋利的嘴唇微张，露出洁白的大门牙，眼光变得更鲜明的灰暗，流露出一种狡猾、顽劣、嘲弄的微笑，像一个恶作剧的天才似的，但另一个时候，这些狡猾和顽劣都突然隐去，他的嘴唇严刻地紧闭，鼻子弯曲，他的更主要的特性：恶毒的藐视，严冷的憎恨就在他的收缩起来的脸上以一种冷然的钢灰色照耀着，使得人家难以忍受了。

这是一个以武汉的卖报童开始，从五岁起就在中国的剧变着的大城市里浪荡的人。 他自己也记不清楚他的穷苦的双亲是怎样死去，他是怎样变成一个乖戾的流浪儿；他更不能记清楚在整个的少年时期他曾经干过多少种职业，遭遇过多少险恶的事。　记忆的黯淡的微光所能照耀得到的那个时候，他已经阅历过短兵相接的战争、刑场、狂暴的火灾，做过小侦探，挨过毒打和监禁，成为一个虎视眈眈、充满着盲目的兽欲和复仇的决心的少年了。　一九二九年，当他十三岁的时候，他和一群年青的工人、农民从湖南逃了出来，以后，在夏天里，他目睹着曾经和他穿着同样的军服的，这些年长的伙伴们死去。　在酷热的夜里，当空场上所有的人散去之后，他狗一般地匍匐着他的强壮的小躯体，爬近尸首，在他们身上摸索，喊他们每个人的名字，喃喃地咬着牙齿说："我明天就回湖南去……"

　　在机器工厂，他成为一个学徒了。　他之所以能够挨了多少年，没有逃开那个乌烟瘴气的工厂，是因为那里有好几个他的患难的伙伴，他从他们那里学会了认字，得到了使他能够认为满足的各种知识，而生活知识的增长使他逐渐地懂得了克制自己，学习一种技术的必要，使他懂得了用怎样的一种眼光来回顾火辣的过去，和应该带着怎样的一种精神倾向来使自己生长。

　　但这里还有一着重要的棋。　五年后，伙伴逐渐走散，他也离开了。　毒恶的倾向在他身上原来就那样的猛烈，一回到浪荡的生活里来，一失去了劳动的强有力的支撑和抗争的主要目标，就变得更加难以管束了。　离开工厂是因为认为自己已经羽毛丰满，不应该再低下地受损害——主要的是因为一个伙伴的不幸的遭遇，因此，是带着极大的仇恨心的。　这仇恨像疮疖里的脓一样需要破裂的，疼痛的流泻；他杀死了一个追踪他的伙伴的便衣打手。

这是在黑夜的江边用尖刀干的。 发烫的血溅满了他的脸。 而整整一夜，一直到灰色的严厉的黎明，他遥望着睡眠的城市的闪烁的灯光，在郊外漂泊。 他杀了人了！ 这是一种最无知的，最疯狂的杀！ 但是怎样呢？ 他没有胜利。

城市在安详地昏堕地睡眠，带着它的淫荡的凶残。 它不可动摇地在江岸蹲伏着。 对于它，年青的张振山，显得如何的渺小！ 他能够移动它的一根脚指么？

以后，他带着要过一种强烈的公众生活的愿望到上海去了。 但他不能满足；因为这，他就更渴望于获得知识，更渴望于自己的凶狠恶毒。 而这也就在内心里生成了一种疑虑，一种生怕会贬抑自己的个性的芒刺的疑虑——这便是他在对日本的战争一开始，为什么不循着他少年时代的路，到战争里去，到另一个地方去，而终于到四川来，在这个工厂里暂时蹲下去的原因。

他在工人里面，因为他的能力，因为曾经是他的师叔的总管器重他，有着优越的地位。 无疑的，他是酷爱这种地位的；但他把他的酷爱认为是一种可恶的弱点，所以假如有人像对待工头一样来对待他、奉承他时，他就会变得极乖戾。对待这个人，最适宜的莫过于偶然地安排一个充满着友情的真挚和深的粗暴的玩笑。 处在这种温暖的气氛里，他便会短促地显露出他的已经被埋葬的另一面——就像他在这世界上也需要一个家，也有领略家庭的爱情的温和的心似的，他安详地雾着变黑的晶莹的眼睛，浮上稀有的天真的微笑，从荷包里摸出最末一块钱。

对于饥饿的郭素娥，他是带着他全部的狠毒走近的；对于女人的运命，在起初，他是漠不关心的。他没有要知道这个女人在想些什么的愿望，更没有要和这个女人维持较长久的关系的愿望。但在今天，在这个骚乱的夜里，女人显露了自己，而且强有力地使他承认这显露的真诚，使他承认，不管两个人的生活境遇怎样不同，她是他的值得同情的敌手。

当他的强壮的厚肩上萦绕着从发号房的窗洞口飘来的烟条一样的灯光，向坡路下面慢慢地踱走的时候，这个印象突然鲜明地强烈了起来。他猛烈地吸着烟，在烟雾的灰蓝色的旋涡里，用一种愤怒的力把披在额上的一簇头发掷到脑后去；在突出的额下，他的眼睛严厉地皱起。

"这倒是一个女人！他妈的！"

三个矿工摇着绿荧荧的矿灯迎着他走来。他们疲乏地寒冷地佝偻，用一种卷舌头的声音微弱地说话。纸烟在嘴唇上昂奋地燃烧着，从他们的污黑的肩上向后面飘着一条长长的朦胧的烟带。……当他们越过张振山，渺小地被吞没在卸煤台后面的时候，煤场上和下面的坡路上就呈显出深夜的寂寞，除了由矿洞口传来的煤车的隆隆的单调的震响以外，再没有别的声音，而且再见不到一个生灵了。远处，在山峡的正中，从静静地躺在月光下的密集的厂房里，机电厂的窗玻璃独自骄傲地辉耀着；更远处，在对面的约莫相距电机房一里路的山坡上，则闪耀着星一般的灯火：坡上的工人宿舍，坡下的办事处、米库、洗衣坊、矿警队营房，都在用它们的微眈的窗户窥视着月光照耀着淡绿色的雾的潮湿的氤氲的山野，和月亮在白色而透明的云的湖沼里浮泛，星星在薄纱似的云片里碎金子似的闪烁着的高空。

张振山在给矿工让路，停在石堆旁眺望了一下整个的厂区之后，又开始沉思似的向前走。他走得笨重而缓慢，香烟在他的嘴唇上和手指间不停地燃烧着，现在已到了第三支了。在跨越铁路之前，他停在一个土堆上，伸开手臂，长长地吁了一口气。

从女人那里带来的印象现在淡薄下去，或者正确点说，沉落下去了。这主要的是因为，在深夜的独步里，他获得了一种坚强而严冷的情感。从这种情感，他感到自己正在胜利地凶暴地扩张了开来，没有丝毫的畏惧和惶惑，把整个的矿厂握在毒辣的掌中。

"我不蠢！我们有多少人！"他在索索的寒风里张开了他的大手掌。

但在越过铁路，向机电工人的宿舍走去的时候，他就沉在另一样的心情里去了。

"我这个人也有些好的地方吗？——这样问她，糊涂！"他站住，擦燃火柴开始点第四支香烟，然后把揉皱的纸盒摔去，"她说得出来吗？……总之，我干的对！我有我的理智！ 我恨这些畜牲，恨得错吗？ 你会杀人，我不会吗？ 好！"他把步子加大起来，"我就是我自己——不懂手段，也不懂策略，怩怩怩……"

从右侧，有一个骚乱的尖声喊他。 他突然从疾走中站住。

"你怎么，不到天亮就回来了。 乖乖，俩的好吧……"杨福成耸着肩膀，激烈地喷着酒气，用一种狂喜的声调嚷。

"杨福成！"张振山阴郁地喊。

杨福成伸出厚而尖的舌头，做了一个怪相，随即也古怪地阴沉起来了。

"你到哪里去了？"好一会之后，张振山问。

显然的，杨福成的阴沉只是一种表面的凝结，因为他立刻就忘记一切，尖细地叫起来了。

"老子在小五那里抽一局。 都输了。 婊子养的识牌呀！"

"哈哈！"张振山短促地笑。

杨福成有着易于昂奋的倾向，而且，用俗话说：是一个无心眼的人。 在平常的时候，他也显出恰当的老成，但一轮到他说话，他就仿佛变成一个十六岁的少年了。 他哮喘，在字眼中间急促地吸气，以致有时候把话音吸到喉咙里去，又用一种闷室的怪声弹拨出来。 他时常一连串地贪婪地说，即使乱说几个虚字，也不愿意让自己的话中断，随后便窒息地大笑起来，使人家难以明白他究竟说了些什么。 现在，当他和张振山一道爬上到宿舍去的土坡的时候，他疲劳地，用败坏的声音唱起忧伤的歌来。但刚刚唱了两句，他就使力地跳了一下，先做出一种秘密的神情，然后向张振山问："你那个家伙如何？"

"还不是两条腿的。"

"唉，你知道，**魏海清**在弄她。"

"**魏海清是谁**？"

"土木股的呀！本地人，死了老婆……那是一个狗种。他跟我说，"看了张振山一眼之后，他又迅速地接着说，用一种张扬的语势，仿佛那个叫作魏海清的真跟他说过一样，"张振山夺人之妻，夺人之妻！……"他用手在灰尘似的月光里绕了一个大圆圈，随后又用臂肘在腰上缩一缩裤子："唉，肚子饿瘪裤带松……你，你，你这有种的老几，说请小弟喝一杯的呀！"

"现在不了！"

"干什么？"

"没有钱。"张振山突然暴厉地睁了一下眼睛，"你，今天喝过了！"

"那是我自己的事。我活了二十五，活得衣破无人补。无味呀！"他在无心地大声说出这句话来之后，便变得苦恼，停顿了下来，用手在发胀的脸颊上摩擦着，说以下的话的时候，他的声调沉落，充沛着真实的酸凉，"没有女人看上我的。我才不做白日梦。我养活人吗？看我这副样子，人家肯嫁我吗？ 我是做工的人，最苦的人。 要是当职员就好了，有米贴，有好房子。 呵，你看呀，那一幢房子！"

"股东老板住的。"

"不错。"他的尖颚咀嚼着。 他的手依然指着那远远的一栋掩藏在茂密的树丛里的楼房，这楼房左侧的两个遮着绿窗帘的窗户温暖地亮着。 最后，他们指着的手指习惯地向上一抛，继续感叹地小声说："做工没来头。 有时候晚上也自由自在，但……"

"你想吃火腿吗？"在宿舍的竹篱前，张振山停住，坚硬地问。

"唉，不想吃！"

张振山邪恶地凝视着遥远的绿窗户，仿佛那里面的秘密的养生和贪欲很诱惑他似的。

"看吧。 我明天就请你吃！ 要住那一间房子吗？"（绿窗户的灯光在树枝后熄灭了。）"容易得很！ 好，它藏起来了！ 你要吃鸡子；你要一个女人！ 你要……梳两个辫子的，进过大学的！"

杨福成缩着身体。 这个人的冷静的骄傲的狂言使他惊悚。 他呆看着他，不知道怎样做才好了；但最后，他终于依着自己的方式跃了起来，攀在对方的肩头，在对方的鼻子上一半故意地嘘了一口气，跳到院子里去。

宿舍是公司临时租赁的民房，中间有一个曾经是打谷场的大院子。 它的正中，左侧，完全被有家眷的工人所占有，剩下给单身工人的，只是毗连着一个充满灰尘、蛛网，和油污的厨房的右侧的长长的一条矮屋。 夜里十二点钟以后，在棉絮的爱抚下，真实而浮动的生命们入睡了。 连最会喧嚣的右边角落里的一间屋子也寂静了——一个钟点以前，这间屋子里，在床架和破桌椅之间挤满了那些从来不懂得沉静的少年伙计，他们摔纸牌，唱淫荡而凄凉的歌，互相用黑拳头威胁，但现在，肮脏的烟雾沉落，一切全不留痕迹地散去，只有二十五支光蒙尘的电灯在单调地发着光。

杨福成和张振山两个人占有一间极狭窄的后屋。 但这两个人的性格是不可调和的：杨福成喜爱一些简单的戏耍，时常在桌子上供一个泥像，替它画上胡髭，称为"老板神像"，在春天的时候也大量地砍些粉红的烂漫的桃花回来，插在破泥罐里，而且沾沾自喜地带着一种不必要的勤快去换水；但张振山却嫌恶这些，他望着它们皱起他灰色的眼睛，在它们使他的动作不方便的时候，便粗暴地把它们举起来，摔得粉碎。 不过，杨福成除了当自觉自己需要阴沉一下的时候，才装出一副呆板而尖削的脸相来以外，从不真的和张振山吵架。 因为太多的理由，他是极端喜爱张振山的。

而且的确，在急遽地兴奋了之后，他已完全疲劳。 他牙痛一般地皱起稚气的瘦脸，默默地甩开鞋子，钻到他的无论白天和黑夜总是密闭着的一直拖到泥地上的蓝布帐子里去。因为床柱太短，帐脚拖到地上，所以帐顶的有着破洞和大补丁的大肚腹也就几乎垂到他的尖鼻子上来。 他奇怪地笔直地睡着，向帐顶瞪着梗着砂粒的眼睛，吹着不连续的闷气。 刚刚要睡去，原先在另一边床上愠怒地坐着的张振山此刻笨重地走到桌子边来，用一种对于这寂静的房间是过于嘹亮的声音喊他。

"喂，什么……事？"杨福成反应地在棉絮里抬一抬手，问。

"告诉你，我们要做包工了。"

隔了好一会儿，才听见杨福成懒声懒气地从蓝布帐子里回答："包他妈屁什么？"

"四号。"张振山把大拳头举到鼻子一样高，察看地摇晃着。 为了甩去自己的纠缠不清的对郭素娥的思索，他才突然开始这谈话，但现在他又嫌恶这谈话了。

"四号出什么毛病？"意想不到地，杨福成从蓝布帐子里伸出他的瘦小的，盖着乱发的头颅来。 他的黄色的疲乏的脸上迅速地闪过一种喜悦的，神经质的颤栗。

张振山阴沉地抖了一抖肩胛，带着一种不知道是对于杨福成还是对于那替公司里赚大钱的四号火车头的深深的厌恶，说："坝子摔场了。 险些摔到江里去。"

"哈哈哈，包得稳吗？"

"当然。"

杨福成敛起笑容，滑稽地皱着鼻子，想了一想。

"唉——"他的头突然在蓝布帐子口消失了。

张振山屹立在电灯底下，手插在裤袋里，眼睛眯细地望着石灰剥落，露出竹片的骨骼来的墙壁，继续大步地，野蛮地踏到自己的思想上去。踏烂一切枯草和吹散一切烟雾，让它露出闪着冷然的光辉的本体来！

"她说'我要'，当然是的，多弄一些给她，看看我张振山！她跟我走？"他吐了一口唾液，同时用手摩擦着坚硬的额角，"不能！社会把我造成这样子，我自己，我自己……"他响着嘴皮，在扬起的眉毛中间，他的眼睛变亮。这是一个放射着幽暗的光芒的字，"我自己不是庄稼汉，也不是可怜虫……让一个女人缠在裤带上！她们心疼，随便哪个摸一摸，就完事了。什么魏海清不魏海清！"但是即使在这么凶毒地想的时候，一种严刻的妒忌也依然掠过他的嘴唇和眼角，使他的阔脸幽暗。他愤怒了，辛辣地冷笑了出来："吓吓，'我这个人也有些好的地方吗？'"

矿厂连梦呓也没有，又掩藏着百公尺下的艰苦的劳动，沉沉地入睡了。夜，深沉地凝结了。但这强壮的人，这旺盛地妒忌着世界，感到自己生命的恶毒的人，这酷爱辛辣、严刻地抗拒着自己的妒火的工人却依然在小房间里，在床架前面，在因电力增强而突然明亮起来的二十五支光的电灯下蹲着，他用那么一种沉重的姿势蹲着，以至于他的膝盖多次地撞在桌腿上又碰疼在床板上。他的肩胛抖动，脸上清醒地照耀着一种富裕的，考虑着什么是它必要的抛掷的生命，一种肉的淡漠而又顽强的光辉。在听见远远传来的骚乱的鸡啼的时候，他不同意地摇着头，推开门，绕到大院子里去。偏

西的月亮照着左侧的屋子的破陋的屋檐——在右侧的匣子的
参差的浓郁的暗影里，他鼓起胸膛，一次又一次地深深吸着
气，徘徊了很久。

三

把纸币捏在手里的郭素娥，所以那么痛苦，是因为她原
来是存着她的情人可以给她一种在她是宝贵的无价的希望
的。 她的痛苦并不是由于普通的简单的心的被刺伤，而是由
于，显然的，她所冀求的无价的宝贝，现在是被两张纸币所
换去了。 她捉不住张振山，当由偷情开始的事件在她现在苦
恼地越过了偷情本身的时候，这个强壮的工人的不可解的行
为，他的暧昧的嘲讽，他的恨恨的离去，使她绝望。 整整一
年来，她整个地在渴求着从情欲所达到的新生活，而且这渴
求在大部分时间被鼓跃于一种要求叛逆，脱离错误的既往的
梦想。 虽然她极能勤苦地劳动，虽然她对她的邻人特别和
蔼，但由于时常显露的犯罪的相貌，她依然被认为是一个奇
特的败坏的女人。 然而她不但不理会这些，而且逐渐变得乖
戾了。 她是有着黯淡的决心的。 这就是：她已经急迫地站
在面前的劳动大海的边沿上了，不管这大海是怎样的不可理
解和令她惶恐，假若背后的风刮得愈急的话，她便要愈快地
跳下去了。 跳下去，伸出手来，抓住前面的随便什么罢。

畏惧虽然在好几年的险恶而被凌辱的生活里失去，但无

论如何，这是痛苦的。 尤其，她的手抓住了什么呢？ ——张振山，毒辣的，冷漠的，用她自己的话来说，无心肠的，无赖的男人！

另外还有一个自己向她诚实地飘过来的人。 这就是**魏海清**。 这个人是她的丈夫的极远的表亲，从前也佃地种，但在四年前死了女人之后，不久，地被主人无理由地收回去了，自己就带着刚刚五岁的小儿子到矿里土木股来当里工了。 三十几岁，有着端正而晦涩的脸孔，是一个呆板而淳厚的人。他和郭素娥，是一向就保持着简单、拘谨，而且隐匿的亲密的；显然的，郭素娥，尤其当他投到工厂里去之后，是十分注意他的。 但不幸的，是他被张振山从头上跨过去了。 当他在一个晚上，心跳而羞涩地在这恋爱的屋子里下了异常大的决心，表露他的旧朴的欲求的时候，郭素娥突然变得严正而乖戾（在以前他是不曾见过这女人这样的相貌的），拒绝了他。 当然，这是把他伤得很重的——他原来只以为刘寿春是她的阻障，不久就会死去，不足以使她牵挂，却没有料到这中间还有另外一个严重的角色。 但不久，他就朦胧地把这件事探听出来了。 积蓄了好几年的痛苦的意念，战战兢兢地在布置着希望的这颗过平凡生活的真心，现在被无情的郭素娥所摒弃，被优越的机器工人所踏碎，对于他，该是如何的怨恨，如何的痛苦！

但是**魏海清**这种人，对一切都要依照自己的观念探个究竟，把自己范围内的一切看得很重，是不大容易死心的。 在这晚上，九点钟后，当他七岁的男孩在木床里端沉重地睡去了的时候，经过了一番苦闷的内心交战，他熄了小烟袋，从位置在北山坡的工人宿舍走出来了。 天上屯积着云，在云的间隙里有朦胧的上了锈一般的星在发光。 坡路旁的路灯，它的松弛了的灯泡在偶然疾卷过来的凉风里摇闪着。

他故意避开那一条贯穿明亮的机电房的平坦的煤渣路，从水池畔的黑暗的堤堰上走。 他的步式起初有些犹豫，发出一种拖沓的疲劳的声音，但随后，当他穿过卸煤台，临近那漆黑的山坳的时候，便强烈地紧张起来了。

"我去一趟哩。"当他弯腰爬上风眼厂所有的山坳，胸膛被热辣的昂奋所紧迫的时候，他颤着嘴唇，告诉自己。

这旧朴的人，一切观念和情感都有着明显的但积满尘埃的限界，像熊一般固定而笨拙的人，现在容许自己去做一件非分的大事了。 不管他怎样提醒自己说，他的行为只是想探一探这个女人和张振山的究竟，为着必需的道义，他的全身还是起着一种自觉犯罪的发烫的颤抖。

"我一生从来没有做过——这样的事啊！"依着一根腐朽的树干，他张开生着几十根零乱的硬髭的嘴唇，向黑夜吐出他的昏乱的叹息。 一瞬间，二十几年的土地上的辛劳像一块平坦而阴凉的暗影似的，在他的迸着昏红的火星的眼睛前面闪现。

他的微微佝偻的长身影在小屋子前面出现了。 门关着，里面凝固着寂静的黑暗。 但在最大紧张以后，他突然对面前的一切都感到不明了，只是走上去，机械地向门缝里窥探着。 当他的手举到薄木门板上去的时候，他仿佛在听着别人敲门似的，而且在心里寒凉地惊诧着，这个人怎么会这样大胆。 郭素娥在屋子里窣窣走动的声音他没有听见，门板的突然的裂开，使他在新夹袄里打了一个寒战。

"走开，走开！"郭素娥在黑暗里露出白色的脸来，惊慌地说，"他今天说是生病，不上班了。 ……哦，是你！"当她发现对方并不是张振山的时候，她把一只白手举到松乱的头发上去，屈辱地小声尖叫："你跑来干啥子？"

魏海清沉默着，在这之间，恢复了镇定。

"和你说句话！"他威胁地说。

"说什么？"郭素娥敏捷地跃出一步，严厉地问。

魏海清什么也没有想地沉思了一下，望着女人的颈子，说："你知道，张振山那家伙不是好东西……"

"怎样？"

"他仗势欺人，是个流氓。 你要当心……"因为情急，舌头在最后缠结了起来，使他失去了话句。 当他和他的狠狠挣扎的时候，郭素娥迅速地走回去了。 现在，只剩他一个人站在这黑暗的土坪上了。

"长得多好的人啊……"他自语，用衣袖揩着发汗的脸，但随即就因自己的赞美恼怒起来，向土坪的外侧走去。

从屋子里传出来的刘寿春的激烈的咳嗽和朦胧的话语使他站住了。

"哪一个？"这鸦片鬼恨恨地问。

"我。"女人的嗓子提得很高。

"你干啥子去？……"

"刚才狗叫，我怕强盗！"女人用一种凶恶的声音叫了出来。

魏海清从屈辱里挣脱，愤怒起来了。他笨拙地把手叉在裤腰上，向地上大口吐着痰。

"世界遭变了。瘟女人！"他蹒跚地向土坡上走，"我为啥子要打我的女人呢？她丑，整年生病，但是她比这骚货好得多！……可惜我们少年时候不知道！"他激烈地向前走，并不辨认路，只是佝偻着，把飘荡不定的大脚一步一步地踏在野斑竹和茅草里，"我愈来愈作难，心中焦苦，成一个糊涂人了。吃白泥巴的日子，也过得呀！怎么现在不想法，跑出来做工呢？我要是有谷子，"他的浑实的手臂在空中抓扑，被他的手掌所击弯的桑树的干条刷在他的胸上，"要是有，看这瘟女人对我怎样呢！"抚摩着粗糙的下巴，他在枝条之间站住，意识到自己走错了路。但是当他正预备向风眼厂的昏弱的灯光回转的时候，在他侧面，茅草燃烧般地响了起来。他迅速地而且突然涌起一种烈性的愤怒转过身子去，看见了一个比他矮些的方形的人影坚定地在三步外屹立着。他闭紧嘴，严正地站定。

"魏海清！"张振山发出他的深沉的声音喊。

"你是哪个？"魏海清喘息地问，所以喘息，是因为他已经在对方的最初的发音里认识了对方是谁。

张振山向几丈外的隔着一条污水沟的小屋瞥了一眼，随后便向下走了一步，攀住树枝。他在小屋的空了的猪栏后面，在那每一次总坐在那里等待着跃进屋子的时机的石块上，听见了魏海清和郭素娥的谈话的全部；而且，当魏海清激怒地痛苦地在草坡上转着圈子的时候，他已窥伺他好久了。

"我问你两句话，魏海清。"他冷酷地说。

"问吧。"

"我是流氓，这有点像，我夺人之妻，这也对。"他磨着牙齿，"现在你回答我，我仗谁的势欺人，谁的势力？"

魏海清的脸灼烧，愤怒地颤抖起来，热辣的烟雾包裹着他，使他感到自己仿佛腾在空中。

"问你自己！"这鳏夫笨拙地顽强地回答。

"问我吗？"张振山猛烈地把手里的桑枝从树上折断，魏海清因为他的这个动作反应地退了一步，"你们，在女人面前像狗一样地舐一舐，打个滚。我可怜你，你舅子荐你来做工，你有六块钱一天，蛮行。你像个做工的人吗？要站出来正面说话！"他鼓起胸膛，把他的冷冰冰的声音压尖；但这尖声是微颤的，"我不怕谁，也不仗谁！我就是这么一个人，一个人！告诉你，再不准到这屋子里来！"

他把手里的桑枝举起来，狠狠地向屋子那边挥着；光赤的桑枝在夜的冷空气里发出尖锐刺耳的声音。

"这是我们的地方！ 你凭什么……"**魏海清**窒息地叫，"你畜牲养的，没有人心……"

"哈哈，你们的地方！ ——今天就这样说了。 记牢！"他把桑枝重新扬起来，做成一个威胁的姿势，击断在树干上，然后用强猛的大力缩紧肩胛，呱一呱嘴唇，大步向风眼厂的电灯光走去。 在石板路上他避着风点燃了香烟……

魏海清怔忡着，一瞬间不能明了自己，只是向张振山的凶猛的影子凝视，仿佛这个人在火柴的晕圈里闪亮的刚硬的头发和搐塌的鼻子有一种特异的美丽，很诱惑他似的。 但终于他感到锐烈的失败的痛苦，昏乱地诅咒起来了。

慢慢地，他下到山下去。 夜风扑卷着他的夹袄。 循着水池畔的黑暗的堤堰，他佝偻地，缩作一团地走着——他蹒跚地摸索着，就像他迫于饥饿和寒冷，是一个无家可归的人一样。

郭素娥并没有睡。 在那鸦片鬼发着谵语昏昏地睡去之后，她因了某一种理由，又悄悄地开门走了出来，向风眼厂那边的淡薄的光晕探望，然后，绕到屋后的猪栏旁去。 充满情欲和梦的女人的感觉是那样的敏锐，她立刻发觉了草坡上的短剧，伏到猪栏下去了。 她的心感到一种庞大而甜蜜的紧迫，惶恐地撞击着。 有一种盲目的力量几乎迫使她要急剧地冲出去，但同时她的脚又仿佛牢牢地生根在地上似的，不能移动。 ……现在，一切全梦幻似的过去了，张振山和魏海清消失了。

"啊,他不准!"望着魏海清消失在风眼厂后面的长长的身影,她带着幸福和酸凉叹息。"这是哪些说法呢? ……他不准他再来我屋子里呀!"她伸长赤裸的颈子,在心里狂喜地尖叫了起来,随后,她跃到张振山曾经坐在那里的石头上,把身体向着另一面沉在深邃的黑暗里的山峡,昂奋地呜咽了。

在这峡谷里,在这重压着它的苦重的暗影在她眼前浮幻着黄色的晕圈,又爆耀着墨绿色星花的下面的峡谷里,在这夜深寂寞,流荡着黑暗的冷风,仅仅模糊地闪着水田的淡光的峡谷里,充满着她的骚乱,痛苦,悲凄地逗引情欲的遥远的记忆。

…………

七年前,一个外省的军官在这峡谷里引诱了她。

四

机器总管马华甫,是一个生着灰尘一般的花白头发,有一副温和而洒脱的松弛的脸的胖大的人。 他用一种温和、渗透、严刻的声音说话,几乎从来不激动,但即使从这富于魅力的声调里,人们也可以觉察得出这个四十几岁的饱餐风霜的人是怎样的顽固、利己,和阴险! 现在,当他为了火车头包工的事,把几个出色的机器工人:张振山、杨福成、吴新明(这是一个三十几岁,充满江湖气味,慷慨但有着机智的深算的人）……请到他家里来用膳之后，他使他们坐在厅堂下端的长条凳上，自己则不停地抽着烟，在堂屋中间缓慢地踱着。谈话刚刚开始。

这是矿厂里的一个最大、马力最强的火车头，一九三〇年德国机器厂出品。它的损伤，假若由机器房做正常的里工，需要六个月才能修好，但假若由机器工人自己取消里工工资，来做包工，则仅需要十六天。包工的价钱，鉴于以往的例子和今天的物价，工人方面要一万二千块，但公司方面却只肯出八千。现在，总管马华甫由于对自己的权威的深信，就是负了解决这件事的使命来请工人吃饭的。

他和他的家族——一个像衣橱那样肥胖，也像衣橱那样从不离开房屋的，缺齿，有细小的烟黄眼睛的北方女人，一个曾经进过职业学校，现在也在机电股里当职员，醉心于象棋和钓鱼，面孔无特色，性格稍稍带着原始的阴郁的二十三岁的养子，和这养子的温顺而瘦小，面孔洁净的妻，住在这改修过的三间从本地绅粮那里租来的屋子里。正堂是洁净的，和他的衣服一样；但房间里，因为他的肥妻喜欢赌博，除了希望真的生个儿子以外，什么事都不去操心的性格，就弄得很零乱，凝结着一种阴湿的含着石灰味的酸气。在壁角的大衣橱顶上，永远有十袋以上的面粉囤积着——这女人对于面粉又是异常贪婪的，但是她却不能把它们按月吃完，因此，好几袋面粉都变了色，生着白色的小虫，使得那好性情的工人时常把它们抱出抱进地晒太阳，而每隔一个月，便有新的面粉袋加入到这晒太阳的队伍里来，递补了那些被吃去了的，生虫的。

总管马华甫，对于食物，是并不讲究的。因此，变味的面粉，他也能吃得惯，不想要去改善。但对于家庭，他却是个表面温和的极端严刻的人。他对他的女人很有礼貌——这就是，也尊敬她的生一个真正的儿子的愿望，但却和她几乎从来不说什么话，不谈厂里的纷争也不谈外面的新闻。在他的眼睛里，她只是一个里面装满了赌牌和儿子的、丑陋的面粉袋而已。至于儿子和媳妇，他们除了要和他一同用馍馍，要像厂里的工人一样对他恪守礼节以外，从他那里，也和工人们一样，是接受不到丝毫有希望的，或者有滋味的东西的。但好在他们都还年轻，男的忙于象棋和钓鱼，女的忙于洗粉条和切白菜，从没有想到这些。

然而，使他在内心里震怒的，是工人里面的大半，已经学会了真的乖巧，逐渐地踢开了表面的礼节，开始和他抗争了。

"怎么样？"现在，在明亮的堂屋里，他喷着烟，温和地向工人们说，"我替你们算的对不对？"他把闪霎着的漂亮的眼睛朝着吴新明。

吴新明在多毛的长脸上微笑着，欠一欠腰，同时瞥向张振山。

"为难得很，总管。"张振山从嘴唇上取下香烟来，在烟雾里说，"老实说，我们二三十个人，拼命做苦工，"在向总

1943 年在重庆

1938 年路翎（前排中）与同学们在四川合川的哨兵文艺社

1953 年春在朝鲜前线

路翎(右)与作家杜高

1984 年岁末作
代会上与绿原（后）、
徐放(前排左)合影

1984年岁末作代会上与黎丁（前排左）、耿庸（前排右）、徐放（后排左）合影

管的胖身躯扬了一下眼睛之后，他的声音古怪地震动了一下，变得低沉，"一个人摊不到多少的。"

总管在地上缓慢地徘徊，走到供桌面前望了一望两张祖先的丑陋的大相片，又走回来，向地上随便地吐着痰。

"你真是年青人，你的脾气还是从前样：意气罢了。"他抱着手，眯起眼睛望向窗外，"张振山，你再想一遍，你们和我一样是公司里人，包工是特殊通融。"他的声音从里面僵冷了起来，虽然他的脸上依然浮着灿烂的微笑，"材料，机器，你们不出钱。在这个时候，这些货贵得出奇，昨天总公司转来的政府通令有说……"他望一望房门的门帘，突然改变了话题，"我也不说抗战不抗战，生产不生产，你们赚一点也该，但是太多了就拿不出面子去……"他又踱起来，回到供桌前去，望着玻璃在闪着沉闷的光亮的相片。

"不行的！"杨福成用手肘捣了一下张振山，歪歪嘴，悄声说。

张振山的冷淡的眼睛随着总管的走动从新漆的家具移到相片上。"这相片真美丽！"他的皱起的黑眼睛说，"你们统统生产，生产得胖呀！"

"这不是就一次。以后……"总管掉过头来，严刻地开始说，但他的话被张振山的一个突然的动作打断了。

"我们做不得主。一万二。"

吴新明和杨福成惊讶地望着他。微笑从总管马华甫的松弛的脸上隐藏了——这脸缩紧，稀有地搐搦着，眼睛变暗。

"这态度不好，"他把手抄到大衣袋里去，尊严地站直，"张振山！"

张振山皱起嘴唇，嘘着气。

"我们全靠这。"他坚硬地说，"总管是熟人，了解的。我们一个月领一斗米，自己都不够吃。到现在还穿单衣服！"他拧了一下自己的肩头，把眼光逼射到对方的脸上去，"公司一个月赚那么多，一个车头也的确值得上……"

正在这时候，房门的门帘上的灯光被遮住，一个巨大的东西堵塞在它后面了；马华甫的肥大的女人先伸出一只手，在门框上扶牢，仿佛怕自己滚出来似的，接着便从帘缝里探出巨大的浮肿的脸来，露出残缺的牙齿，以一种清脆得和她的身体极不相称的、疲乏的声音说："还没走呀。要睡啦！"

"就来。"总管简短地回答，因为失去了自制，声音里含着一种奇异的恼怒，就仿佛这门帘后的庞大的女人的形体意外地惊骇了他似的。

"我的天呀！"杨福成喜悦地小声唤，一面用手掌拧了一下大腿。

"这么说，再加一千也好，不过……"

堂屋的玻璃门悄悄地闪开，把马华甫的话打断，同时把他脸上勉强的笑容也驱走了。他的年轻的整洁的媳妇抱着一个水瓶，温顺地俯着多肉的白颈子走了进来。经过工人们身边的时候，她留神着自己的脚步，用一只手把绿夹袍撸起，就像走过一个池塘似的。

"爹，我上楼去了。"她向马华甫微微鞠躬，耳语一般地说。 马华甫的嘴唇歪曲，眼睛里含着一个灿烂的尊严的微笑。

在年轻女人上楼之后不久，楼上便传出了马华甫的养子的重重的脚步声，和他的拘束的但是欢乐的笑语，同时，在底下，马华甫的胖大的女人的影子又遮住了房内的灯光，在门帘后面出现。

"舍嫂，打盆水来呀！"这次她喊女佣人。 当她的巨影重新消失的时候，一个木凳在地板上翻倒，发出轰然的大声。

张振山抬起眼睛嫌恶地望望头顶上的天花板，又望望房门上的门帘，随后从木凳子上站起来摩擦着屁股。

"我们走了。"他说。

"谢谢总管。"吴新明鞠躬，一面打着呵欠。

总管威胁地看着张振山。

"我明天答复你们。"他阴沉地说。

但第二天并没有得到答复。 事情僵持了三天。 终于，张振山和他的伙伴们胜利了。

于是，从第四天早晨开始，一直到深夜十二点，机器房里滚腾着油烟，照射着明亮的灯光。 拆卸了下部的巨大的车头在铁架上蹲伏着，电炬照亮了它的锅炉筒，钻眼机使得它一阵阵地发出顽强的颤栗。

张振山的巨大的脊背弯曲，头埋到锅炉筒里面去。电焊器在他的手臂底下，从每一次的急迫的间歇里，擦亮自己的声音，锋锐地歌唱着，放出刺目的蓝光。脱下彩色玻璃脸罩来的时候，他的包在现在变得柔软起来的皱皮里的眼睛眯细，闪着深灰色的、潮湿的光芒；他的胶黏着头发的，凸出的污秽的前额低垂，显出劳动的聪敏和忘我的专注；他的大鼻翼搧动，贪婪地向围围火热的气息吸嗅……

当他沉思地磨着钢铁似的颚，用左手移开电焊器的时候，他的右手慢慢地有力地舒展开来，在铁板上掠着兀鹰一般的大黑影，获取了一把钢剪。

"喂！"他陶醉地拖长声音，唤。他的猛然抬起来的、蓬乱着硬发的头碰击在机车上端竖着的铁板上。"喂！"他歪过颈子来，声音变得恼怒，"弄好了吗，四么弟！"

从爆着凿刀的火花的金刚砂那里，透过油烟，送来学徒四么弟的尖锐的声音：

"再等两分钟！"

长腿的吴新明在油烟的波浪里恼恨地舞着手臂，浮泳着，一面干燥地大声嚷：

"这舅子用不得了。"

"舅子，歪了呀！"张振山用剪刀敲着钢板，向伏在机车底下的大坑里的人吼叫，随后，他微微思虑了一下，跑到刚拆卸开来的活塞杆那边去。

"呸，老子闷气，老子闷气！"从机车底下，陈东天咆哮着钻了出来，把手里的工具狠狠地一掷，向墙边上的大木桌子奔去。

当他喘不过气来地向嘴里倾倒着冷水的时候，他的灵活的少年的眼睛被一种要喧嚷的欲望所燃亮，青蛙一般地鼓出。

"今天做了一整天了……呀！"他咳呛，从鼻子里喷着水，"这几个瘟钱不好得……"终于他被迫弯下腰去，揉着鼻子，说不出话来了。

吴新明在慢慢运动的车床面前皱起淡眉毛，烦躁地看着他，就像一个不称心的大人看着小孩子挖泥巴似的。但张振山却从活塞零件上仰起身子来，一瞬间突然得到了轻松的快活，拍着大手，吼叫一般地笑起来了。

"你妈的怪相！"杨福成从金刚砂的暗影里奔出来，把身体碰在木柱上，高高地举着凿刀叫，"老板明天要买一个钻子呀！美国鬼子货呀！"

"有几点钟了？"在机车肚里有人问。

"十二。"吴新明回答，同时把窗架上的肮脏的小钟摇了一下。

"回家睡觉！"

张振山走到钟面前去。当他搓着发烫的手，脸上灼烧着猛烈的红光走回机车的时候，他向每个伙伴坚定地望了一眼。

"我们今天把这个完全拆开检查过！"他严厉地命令，

"我们这是替自己干活，可以养老婆呀！"

"要得！"提议回家睡觉的杨福成尖叫，长长地伸着舌头。

油烟一直腾到结满灰尘的密网的屋梁上去。在人们的手臂的奋激而稳重的控制下，车床转动，凿刀喷着火花，机车颤栗着；电焊器所放射的强猛而狞恶的蓝光使电灯失色，一直射到广场对面的铁工房的屋顶上。紧张的劳动持续到一点半。

现在，在寒冷而稀薄的夜气里，几个下了工的单身工人踏着煤渣，疲乏地走着。张振山喷着香烟，走在他们十步后面。

"我们是替自己干，对头！"杨福成比画着手，说，一面在单衣里缩紧身体，"在平常，我简直打瞌睡。半个月后，我可以分到几个钱……"

"你拿来做什么用？"陈东天用手掌抱着软软的面颊。"招老婆？"他真切地问。

"你的声气怎么这样涩呀！'招老婆！'"杨福成摹仿着他的胆怯的声音，在黑暗里做着鬼脸，"你真是乳臭未干！怎么不敢到坝里去找女人试一试，唉，你就会打太极拳！后辈小子。……快走，他们到前面去了。"

"张振山呢？"陈东天，这少年人，用一种关切的声调问。

"也在前面。"

他们疾走了几步。

"我告诉你，总管那个肥猪老婆不会生蛋的。 天天睡觉都不行，我有经验。"走到土坡上的时候，杨福成又把脚步放缓了下来。 他的声音异样尖细，带着令陈东天兴奋的隐秘意味，"她那肥尿，我有一个晚上冲进总管院子，就看见她光屁股在院角撒尿。 不要脸的。"

"唉。 明天怕要下雨。"陈东天用手抓了一把空气，嗅着。

"不会的。 总管办货，你知道？"

"不知道。"

"张振山知道。 他派他家老舍到万县去买皮鞋，已经到了第一批，一百双。 他还囤的有纸烟。 政府在打仗，忙不过……他们发财了。"

"都该杀呀！ 我这回攒到钱，要缝几件衣服了。 再隔两年，我就娶女人。"

"你今年几岁？"

陈东天不回答，只是狠狠地用手擦着面颊。 走了几步之后，他突然肯定地说：

"张振山一定不在前面，我看见他在后头的。"同时，他掉过头去。

"他找他的床睡觉去了。 他行。 ——走，不要淌口水。"

"我家里人都还在湖北……"陈东天烦恼地说，向四面张望。 这时候，他们已经跨进了宿舍的大院落。

张振山落在伙伴们后面之后，被一种突然聚成火辣的一团的新异的情绪所烦扰，率性改变了路向，朝锅炉房后面的水池区走去。

水池上蒸腾着朦胧的白雾，发出凉爽的清气的茂密的柳树在它的周围排列着。 当深夜的山风掀扑过来的时候，柳树们的小叶子上就摇闪着远远射来的灯光的暧昧的斑渍，水面上的雾气就散开去。 在雾气散去的黑暗的水面上，闪着淡淡的毛边的光，犹如寡妇的痛苦。

张振山摔去烟蒂，在堤堰的石水闸上坐下来。 现在他遗忘了劳动的坚冷的兴奋和肉体的疲劳，变得清醒了。 潮湿的气流刺激着他的眼睑，使他缩紧肩膀，猛烈地吸着气……但逐渐地，由于心里的再度沸起的情绪的扰乱，他感到他无论怎样的一个发音，一个动作，都和这烂熟的夜不调和。 ——而夜的庄严的缄默，则使他的耳朵感到空幻的刺响。

"他们回去睡了。 现在有两点钟。"他在冷风里嗅着，一面向水里吐着痰，"今天我干了十六个钟点，还得半个月。不过明天晚上我可以不轮班；我可以……哑，我是为着赌在这么干的？ 这可以多缝一条裤子？ ……我想想看吧。 我要一天把这笔钱花光，拿一些给那个家伙。 她的确艰难，这几年，凭什么养活的呢。"他停顿，咬着自己的膝盖，"凭什么养活的呢？ ……"

"哈哈，一个女人，她给我吃得好甜呀！"他的被激发的讽刺的笑声击碎夜的寂静，在水面上传开去，"哈哈！ 我懂得这世界上的一切，懂得你们！ 懂得社会……青春！ 我干些什么呢？ 做工，在今天我是这样地做工！ 我轻蔑你们！现在，你想想自己罢。"

思想在一种肉体的紧张里给打断，暂时没有能继续下去。

当他皱紧眼睛和鼻子，重新往下开辟的时候，他获得了一种明显的使他不安的力量，和一种照耀着陈旧的光辉的美丽的情调。

"我可以做别的事去的。 在这里，我已经蹲了两年。 我有力量，我狠恶——但是我决不该蔑视伙伴们！ 他们现在有时候还哭哭啼啼，愚蠢，像我一样，以后就要明了，不受骗了。 ……我太使性是错的，应该相信别人的痛苦的经验。"在这之间他费力地擦燃火柴，猛烈地，和夜的潮湿的冷风一同向肺里吸着烟，"我们不能狂纵自己，要选取大家所走的路……但性格又怎样解释呢？ 张振山何以成为张振山呢？我已经忍不住了！ 谁都在毁坏我们，我们还多么不自知……哼，打击给他们看，社会造成了我，负责不在我！ ……我就是这样呀，滚你妈的蛋，什么反省不反省吧。"他在石块上躺下身体去，用臂肘撑着，望向滚动着威胁的黑云的天空，一面猛力地伸开腿，"我要大步踏过去，要敲碎，要踢翻，要杀人……哦，我的头脑里就装满了这样的云！"

风压迫着柳树，在水池里激起沉重的波浪，带着黑暗的潮气疾吹了起来。 工厂的大躯体和严厉的黑云连接在一起，似乎在疾风里战栗，逐渐沉到地下去。 但不久，当空气突然短促地变明朗的时候，它又显露出它的坚强的、高大的姿影。 最后，灰尘从空场上暴躁地升腾了起来，盖没了一切。 远处，卸煤台的电灯在煤尘的涡圈里微弱地摇闪着。

"就是这样呀！" 一种酷烈的喜悦使张振山的胸膛抽搐着。

"我为什么要干这些无聊的事，女人给我什么？ ……我明天再去试试看。 好吧，我承认，因为自己坏，骄傲，才假装毒相的。 我其实是，有时候多么甜呀！ 呸，偏爱自己，轻视伙伴，可恨！" 他坐起来，严酷地望着水波，"你有有力的生命，别人没有吗？ 你其实是昏的，痛苦的，自装骄横！ ……别人终会明了你的缺点！ ……"

他的感觉和思绪突然不可思议地锋锐，明亮了起来。

"我忍不住了，要走开，找我以前的朋友试试看去。 他们恐怕走得前，不如我一样了吧。 有的去打仗了，有的成了党员，我还可以记起几年前……"

穿过干枯的柳树叶，发出沙沙的繁响，寒凉的雨滴洒在水池的堤堰上。 在水池的映着远远办事处的灯光的地方，张振山看见了密密的水涡圈。

当他迅速地、狂烈地奔过厂房，土坡，回到宿舍的时候，他的头发和短工衣已完全淋湿了。

五

　　鸦片鬼刘寿春有着极强烈的想获得任何一点点小东西的欲望，但假若面对着巨大的财物，像一个拾煤渣的小孩子面对着一车煤一样，他就要惶恐得战栗。　还是在好几年前，在战争还在中国土地的北方边沿上摸索、飘荡的时候，有一笔相当可观的钱财从他的鼻子上吹过：一个军火私贩愿意给他五百块钱，要他替他藏匿一批被追踪的火器。　在郭素娥看来，这是没有不能干的理由的。　因为在那些年，这样的事极端普遍，追踪者只要接到一笔钱，就会变得极其聪明或愚蠢，不再追究；而这个肮脏的、周围堆满枯树桩的小屋子，里面住着男人的疾病和女人的空虚，是不大会被人注意到的。　但刘寿春却不敢做，战战兢兢地拒绝了。　他倒十分甘心于一点一滴地在空酒坛子里搜刮。

　　三年前，他曾经在他的堂兄，一个狡猾的人所经营的砖瓦窑上投了一百块钱。　作为赢利，他甚至于把工人的破棉袄都剥了回来。　狡猾的堂兄，他的单薄的机智，是无法对付动不动拼命，哄天吓地的刘寿春和他打交道的。　但是，即使还了他一百块钱，他还是不断地去烦扰。　失去意志的人，把小欲望当作生存的目的，他们的像苍蝇往玻璃上撞一样的行为，是生意人最难对付的。　冬季里刮着冷风的一天，他又在砖瓦窑旁出现了。　他的脸青灰而浮肿，在一件破烂的单衣里，干骨头发出碎裂似的响声。 他的这样的行为，与其说使人家觉得，他在自己的假装里所经历的痛苦比真的痛苦还要胜过一倍，倒不如说使人家感到比面对着别人的真的痛苦还要难堪。 堂兄愈是不出来见他，他就躺在土坡上愈是叫喊得厉害。 他闭起呆钝的眼睛，从磕响的齿缝间忽高忽低地叫：

"看你……看你……打死我，好了！"

整整的，他叫唤了一个钟点。 声音由绝望的狂喊到微弱的喘气，最后终于消失了。 他也不再战栗，只是伸直腿，把毁坏了的脸向着铅色的天空，僵硬地躺着。 开水使他苏醒过来之后，他得到了三十块钱，而他的赌咒发誓的堂兄，则得到了邻人的咒骂。

人们始终无法判明这一次事件的真假，即使当他有一次喝醉了之后，说这不过是开个玩笑，讨几个债，人们也不敢相信。 果真有这样残酷的"开个玩笑"么？

人们都惧怕他的骗术，嫌恶他，不再和他打交道了。 他又是懒得极出色。 虽然当他在年轻的时候，由于极端吝啬，他还能辛勤的经营，一点一滴的积蓄，从而使得邻人羡嫉，但一到了发现欺骗是极好的满足吝啬的方法之后，他就游手好闲，什么事都不做了。 现在，当他蹲在筛煤机后面的时候，他吞着灰质太多的烟泡，没有一分钟不打瞌睡。 而在人家以为他睡着的那一瞬间，他的手会伸出来，随手摸去近旁的什么：一支烟杆或一根布裤带。

矿山的繁荣也偶尔触动他，使他冗长地说及他的家族的历史。 当他谈及他的曾祖父曾经做过知府，现在坟上还有一朵夜明荷花的时候，他的昏钝的眼睛会闪出骄傲的光来。"我们一请客，连山后大堰塘里都浮着一寸厚的油。"他说，用两个腥秽的手指比着一寸。"通房摆满烟灯，昼夜烧，连耗子家蛇都有瘾，爬在屋椽上吸烟哩。 呵——哈——"他打了一个呵欠，"这个矿，那时候就我们开呵！ ……有三个洞，哪里看见现在这样子！ 后来，就是经我的手，卖给这些家伙了。 我们不会画新图，他们硬占去一个洞，老一辈子人，老实像我这样，吃奶的时候就有烟瘾。 ……啊啊，那些年的刘家湾啊！"

另外，他还说及他前几年几乎又发财的事，但他从不提他为什么几乎发财。 所以不提，是因为他的确还抱着那军火私贩会再出现的希望。 他深信他现在可以做那种事，绝无恐惧。 说到女人，他就舞臂咒骂，同时又称赞她的漂亮，说她有着一个有毒的腰，像蛇。

魏海清因为妒忌，虽然同时就悔恨自己不该和这下贱的人说话，但还是说完了话，把郭素娥的事情告诉了他。 于是，为着他自己的特殊目的，刘寿春不再上班，假装生病，在家里守着郭素娥。

这是一个蔚蓝色的早晨，天气无比的晴朗。 在下面的峡谷里，工厂的巨大的烟囱矗立在微紫色的，逐渐在阳光的照耀下散去的雾霭中，有一条长而宽的透明的雾带纱一般地爱抚地环绕着它——喷着愉快的黄色浓烟。 二号锅炉的汽管在山壁下强力地震颤着，它所喷出的辉煌的白汽遮盖了山坡上的松林，腾上低空，和乳白的温柔的绵羊云联结在一起。 早班的工人吹啸着，抖擞着肩膀，跨过交叉的铁道，进到厂房里去。 在翻砂房旁边的生铁堆中间，年轻的小伙子向明亮的天空吆喝，翻砂炉的强猛的火焰在阳光里颤抖着蓝紫色，腾起来了。

短锄从郭素娥的发汗的手掌里落下，倒到新翻的，露出潮湿的草根来的黑泥土里去了。 举起一只赤裸的手臂，揩着额上的汗珠，她专注地向下面的辉煌的厂区里凝视着。

她的脸颊红润，照耀着丰富的狂喜。 在她的刻画着情欲的印痕的多肉的嘴唇上，浮显了一个幸福的微笑。 当她把手臂迅速地挥转，寻觅短锄的时候，她的牙齿在阳光里闪着坚实的白光，她的胸膛急速地起伏着。

激动地，她回到她的劳作上来。 泥土在锋利的短锄下翻起，蒸发着陈旧的沉重的香气。 在锄柄上，她高耸着浑圆的肩，带着一种严肃的欢乐，咬着牙齿，慢慢地摇着头。 但很快地，手里的工作就变得无味了。 她摔去了短锄，在田地边沿的山石上坐下来，石块后面，干枯的包谷在微风里发响。

"我累了。"

于是她倚下身子去，用手抚着光滑的包谷秆，望着天空，在嘴里无聊地咬着包谷叶的时候，一种疲劳的，梦想的光浪又在她脸上出现。 太阳通过单布衫晒着她的濡湿的皮肤，使她伸着懒腰，融化了似的把身体躺到包谷叶底下去。

"我还来开这块地做啥子呢？ 喂狗么？ ……不想住在里面了，怕等不到明年春天……"

她坐起来，痛恨地望着桑树的光枝后面的破陋的小屋。

"他睡在那里！"她低声痛叫。

沿着平坦的石板路，穿得花花绿绿的农家女人们，翻过山腰，向离这里七里路的五里场走去。 郭素娥呆板地望着她们，在心里漠然地批评着一个肥胖的少女的衣服。

"这颜色丑，料子可贵！ ……"

但她突然怔住，望望自己的穷苦的装束，想起不远的过去来了。

"就在那山坡下跌倒！"带着锐烈的痛苦，她望向农家妇女们从那底下摇摇摆摆地走过去的斜斜的峭壁。"我从前年轻，不知道自己，也快活呢！ 谁没有穿红戴绿呢？ ……不过是这一回事，总要走过来！ ……"她迷晕地站起，伸出褐色的手，"这太阳晒得焦人！"她在望了一下天空之后又用妒忌的眼光追向彩色的少女们，"那时候我十六岁。 ……有一些人，她们这样过几十年……几十年也算了，我……"

"大嫂！"一个身体臃肿，面容却憔悴而俊秀的年轻的农妇站在路上向她喊。

"哦哦。"郭素娥摆手，安静地向她。

"不赶场？"

"不。"

"你在弄啥子？"这女人摆着身体走近两步。

"点一点小麦。"

"你们新弄的地么？"

"你今年怎样？"郭素娥问。

显然的，这女人烦恼起来了。她站住，带着一种不知是对于谁——郭素娥呢还是她自己——的同情，望着新翻的狭窄的土地。

"我们今年不点了。地转了。"她失望地说，一面在颈子后面搔着干燥的、蒸发着低劣的发油气的头发。

"你当家的呢？"

"我去找他。"

"还是老样不是？"

"他不给我饭吃还行？"在这年轻的妇人的憔悴的脸上，显出一种阴郁的、强悍的神情。"我住妈家，他也跟来，昨天打架走了。"她停顿，率直地望向郭素娥的变暗的眼睛，"你看，"她放低声音，"他说，'我养不活你，你另外嫁……'。"

郭素娥微笑。

"他游手好闲，年纪轻轻有工不做。……你看我给他打的疤疤。"她撸起长衫，露出膝盖上面的一块凝着血的紫疤。"这些男人现在愈过愈坏了。他动不动拿当壮丁吓我呀！"她放下衣幅，叹息，"你，大嫂，……你有些什么法子？……"

"我想要出去做工。"郭素娥望着对面的山峰，随便回答。

"你，一个女人？"

"嘻嘻。"

"隔天见，我先一步了。"这女人艰难地移动她的穿着肮脏的紫花布衣裳的身躯，走到石板路上去。因为一种难于理解的理由，她在路上站住，回头望了一眼郭素娥。但随后，当她走近那峭壁的时候，她便忘记了腿上的疼痛，以一种粗笨的、难看的姿势扭着腰，反甩着手，不必要地在小石块上面高高地跃着，跑起来了。

郭素娥凝视着她，苦笑。

"她去找他！"她把手抬到额角上，伸直腰，做了一个粗豪的姿势，"她只有去找，……我们过得真蠢！"

短锄和新垦地不再像黎明时那样，以一种芬芳的力量和渺茫的希望引诱她了。它们现在在她的眼睛里转成了可恶的存在。即使阳光和下面的辉煌的厂区也不能再给她以青春的自觉；她成为憔悴的、失堕的了。她疲乏地走下山坡，晕眩地望着自己在里面埋葬了十年的小屋子。

刘寿春裹在破棉絮里，没有起来。她在土坪右端的残废的树桩上坐下，机械地望着晒在屋檐底下的蓝布衫。她觉得身体很沉重，再不能移动一步。她又为什么要移动呢？即使她身上有几块钱，她又为什么要跑到场上去打油呢？让什么都离去，都没有好了，住在这个小屋子里，她能够再活半年么？

但她还是从枯树桩上勉力地站起来，寻着了水桶，下到屋后的坡下去挑水。 无论如何，她必须劳作；无论如何，她必须劳作那些最苦重的。 这是二十几年来的习惯——这将使时间过得快些，将消磨掉惶恐，使一个失堕的妇人活得容易些。

水塘干枯了。 她卷起裤脚，懒懒地转到邻家去。 她平常是很少和邻人们接触的，他们也不欢喜她。 但这一次，她却苦于寂寞，带着宽解的心情脸厚地进到一家矮屋里去了。

"向你们借一点水，新姑娘！"她装出欢快的声音，向那家的正在推动一个大石磨的年轻的媳妇说。 这是一个瘦小，喜欢酸菜根和新鲜的逸事的刚嫁过来半年的女人。 她虽然比别的妇人更喜欢在背后议论郭素娥，更酷爱她的不幸，但一当郭素娥和她交涉些什么，或是闲谈几句的时候，她就竭力找寻机会对她表示一种不懂生活的年少的同情；面对着郭素娥的绝望的、饥饿的容颜，她的明净的眼睛里会不知不觉地浮上泪水来。

含着喜悦的微笑，她抡一抡活泼的头部，把水缸指给郭素娥。 郭素娥刚小心地舀好水，她就被一种浮动的情绪所鼓跃，离开劳作，迅速地拦在水桶面前了。

"这一向没有见到你呀！ 你到啥子地方去了？"她把潮湿的手翻过来又转过去，急促地说。

在郭素娥的憔悴的脸上，闪出一个寂寞的微笑。

"我在家里。"

"啊嗬，你那鸦片鬼上班了吗？"

"这几天不上了。 他不上了。"

"他为啥不上？"

"我不知。"在对方的骤雨似的问题的攻击下，她气恼地红了脸。"他在生病。"她严厉地说，望定对方。

"你不摆摊了吗，现在橘柑便宜？"

"要摆——我们连包谷都吃不周全。"

"唉，真也是。"这少妇突然因为自己的同情心而喜悦起来了。 她哀愁地摇着小头，把手里的湿淋淋的抹布绞干，摔到磨子上去。"比方我们，我们那老鬼婆。"她机警地瞥了瞥周围，随后又对自己的机警发笑起来，一面竖起一根发红的手指，形容她的鄙吝的婆婆。"你坐一下，你坐。"因为恐怕郭素娥离去，她飞速地端了一张凳子过来，并且攀着她的肩膀使她坐下去。"看那老人呀，一天到晚叫唬，什么都不得了。 日本人要来炸得一塌平。 ……卖一点豆腐养活不了人，我当家的又怕拉兵，前天下乡去了。 现在一升豆子要十来元……"她停顿，露出也真的懂得生活的沉思的样子。 最后，她欢喜而又秘密地闪霎着亮眼睛，小声告诉郭素娥："唉，你知道……我快生儿了。"

"对头。"郭素娥回声似的说，嫉恨地望着她。

"哈哈哈。"她颤动身体，清脆地大笑了起来。"你，大嫂，"挤着眼睛里的泪水，她灼红了脸问，"你怎么一向不生呢？"

郭素娥轻蔑地、忿恨地微笑着。

"你近来怎样呀，听说你和公司里的人相好？"

微笑从郭素娥脸上消失了。这脸收缩，转成灰暗，带着全部难看的雀斑和自私的憎恶向对方威胁着。稚气的新姑娘平放下手，恍惚地咬嘴唇，困窘了起来。

新姑娘更矮小，僵硬了，眼圈溃烂的婆婆这时候跨进门来，屈着枯腿在水桶旁边站定，恶意地望着她们。

"做活路呀！"她叉着腰，向媳妇叫。

郭素娥恼恨地向水桶走了一步，又怀着一种恶狠的意向站住了。

"看看你呀，我不在家就不行，我们这屋子清清白白的！"婆婆喷口沫，突出肮脏的小牙齿骂，"这种女人，你怎么……"

"太婆！"郭素娥阴沉地截断她，"我来找你老人家的。"

"哎哟哟，你找我！"太婆讥刺地叫，抬起一只脚来不断地拍灰。

"是哩，我来讨那回替你垫的门牌捐。"

"门牌还要捐？"

俯身在水桶的绳索上，郭素娥带着虚伪的恼闷回答："公所里要捐，恰好你没有，跟他们恶吵，我替你垫的。一元六角。"

"胡说八道。"

"我不过提一提……等会我赶场要用！"她伸直腰，扶着扁担，脸上呈显出一种窒闷的红色。

太婆在磨子前面暴怒地跳了起来，挥着短手，摸摸裤腰又拍拍胸部，然后大声向媳妇叫：

"替我给她两块钱！门牌捐婊子捐！……"

"我没得。"俯在磨杆上的媳妇沉静地回答。

"放屁，你这女人，三根偷给你，你留着买冰糖吃！"

老太婆伸手到裤腰里去乱摸，终于掏出了一个小布包。媳妇拉长红舌头，在她后面扮着怪相。郭素娥感到快意。

"拿去，在我们这五里场，从来没有像你这样的女人！"

郭素娥狞笑，灰色的唇战栗。

站在石坡底下，她在扁担上摊开烂毛票。这毛票使她体味到复仇的满足。她想她可以用它去买一小方蓝布，修补她的磨损了的衣裳。但这想头是在一种极端昏倦的状态里发生的。在前些时，添置一些小得可怜的物件，补一补衣裳，还能使她暂时忘记冒着焦烟的欲望，得到安静，但现在却不可能。她这么想，是因为她实在已经麻痹，而且极不愿去知道这一块六毛钱原是从张振山给她的里面借出去的。

"她们过得真好！那屋子里尽是浆水，又臭又霉……"她批评，疲懒而又骄傲地向后望了一眼，"我就见过别的地方的人不是这样，我们从前也……"

她向山坡抬头，望着上面的晒着太阳的刺松。难道石坡上面的，刘寿春的小屋子在从前比这底下的屋子好一些吗？

郭素娥她会有这样的感觉吗？ 但她的确是有的。 因为那里面埋葬着她所难于说明的东西，发生着她所难于说明的东西，所以她在把它和那些只知道昏沉钻营的人的屋子比较的时候，觉得它虽然破损，矮塌，充满痰渍和别的一些腥臭的斑点，也还是叫她依恋。 消沉和麻痹使她不再觉得那么强的欲望是可能的，使她悟到刘寿春原也只能是那么一个人，最后，使她想到，假若能够挣出饥饿的苦境，她又为什么要干那些得罪人的、败坏的事呢。

　　但一进到屋子里，一看见肮脏的床铺和木然坐在床上的刘寿春，这些消沉的想头便被绝望代替了；而绝望是有着自弃的强力的。

　　她原来预备把水倾倒到锅里去煮包谷羹，但现在却不这么做。 现在，她失去常态地走上前去，踢了踢屋角的破篾箩，然后坐在桌边，把昏沉的头埋在肘弯里。 她倒宁愿试试自己的饥饿；看自己究竟能支持多久，会不会死。

　　刘寿春的脸显得特别溃烂和浮肿，他张大嘴，吸着喉管里的痰，发出一种滞涩而又肮脏的声音。 在吐了好几口痰之后，他拉一拉破烂的衣襟，出于她预料地向她走来，胆怯地擦在桌沿上，触了触她疲劳的手，接着便歪扭着干嘴唇，皱起狡猾的鼻子，让泪水痛快地打湿胡须，呜咽起来了。

　　郭素娥以一种使自己也惊诧的大力从破凳子上跃了起来。

　　"什么事？"她叫。

"哎哟，何必呢女人……告诉过你素娥，我是快死的人了……"刘寿春哭泣着说，当他的声音中断的时候，他就用他的浮着青筋的瘦手绝望地抓着桌子。

"你快死与我有啥关系？"

"不尽妇道天雷殛。看哦，哪有丈夫这样求女人的……"

郭素娥退到屋角去，张开手，踢倒破篾箩；她这样的姿势使人家觉得，她之所以退后，是为了更残酷的一扑。

"你是我的丈夫？"她叫，牙齿闪着燃烧的光，"不准逼我，我吃饱了一顿没有？我活好了一天没有？"她粗野地举起手："凭什么我在这里蹲这些年呀！"

"我逼你？我救了你！……"刘寿春走近一步，又被她的凶横的姿势吓退。"我们多么可怜啊！"抖着手掌的时候，他用一种过于胆小的声音说，"我想不到，你却享福！"

他弯腰站住，脸上掠过一道凶残的暗光。

"放狗屁！"

"我晓得，我有一口气总会晓得。我管不了，你作孽自受，上天分晓，像我苦命的刘寿春一样。……哎哟，我的腰干疼死了。"他突然弯下腰，捶着，又挤出泪水来。

"你晓得——"郭素娥疯狂地瞥了一下门，像准备从那里奔出去似的。

"你做伤天害理之事，欺我残废人。……"

郭素娥冷酷地望着鸦片鬼，等待着。

"你和姓张的相好，公司里机器股的。"鸦片鬼挺一挺胸，威胁地说。

一团酸辣的热气冲上了郭素娥的喉管，但她强制着；最后，她的冒烟的眼睛里浮上了泪水。

"你妈的臭！"她锋锐地叫。

"他给你好多钱，你……"

终于刘寿春又干号起来，挥舞着手，倒到床上的破棉絮上去了。

"你还要说哪些？"女人坚定地，带着残酷的决心走上前几步。

"让我好好地活完这几天……我要哪些？我这个落魄的，还要哪些？"他的舌头在口腔里纠缠着，和臭气一同发出一种胶黏的、无味的声音，"嗬嗬，你有得，"泪水沿着额角滚了下来，但他的声音在这里却变得实在而清楚了，"我们没有饭吃，你有那么多钱！"

郭素娥怔悚了一下，随即爆发起来了。她猛扑过桌角，用一只手叉着腰，指着刘寿春狂叫：

"你要钱！是的呀，有这么一回事，有这么一个人，就是没有钱，难道我要钱，难道在这块地方，有人会给我一块钱！你快些死，我要讨饭去，做苦工去；我连芦席也不给你睡，你这瘟养的人呀！"不知什么缘故，张振山的毒辣的形影晃过她的模糊的眼睛，她哭叫起来了："有哪一个能救一个我这样的女人呀！"

刘寿春从床上坐起来，两颊陷凹，相貌变得阴毒。

"你到坝上去卖——有人给钱的。"他懒声懒气地说，在左手掌里敲着右手的食指。

"你简直，不是人！"女人狂叫，随手抓起桌上的一个饭碗来向他砸去。她是一瞬间变得那样狠毒，像一条愤怒起来的，肮脏、负着伤痕的美丽的蛇。当饭碗裂碎在床边上，刘寿春向围在门口的邻居们狂叫的时候，她冲出邻人们的包围，经过峭壁，向山下的五里场奔去了。她那样急急地奔走，抡着蓬乱的头部，把发烫的手混乱地在空中摇摆，用一种粗野的姿势扭着腰跃过沟渠——就像她在那镇上真的有一个她可以依恃的亲人似的。其实，她只有仅仅可以吃一碗红汤面的一块六毛钱。

六

晚上在小麦地旁边的干包谷丛里，郭素娥又一次给了张振山。

工厂的汽笛拉过十点很久了。刘寿春真的生起病来，依然不去上工。女人从场上昏瞆回来的时候，已经拉过九点。她并不进屋去，只是呆坐在树桩上，望着月亮，偶然地从心里甜蜜地明亮起来，忆及自己不管怎么坏，也还是善良。张振山的鲁莽的出现使她发出了痛苦的欢呼。

欢乐在消沉与绝望之后被激发，就会变得疯狂。张振山又躺在她身边了。 虽然他并没有给予她生活和逃亡的允诺，但她确切地给自己证明了在鲜丽的月光照耀下的这一瞬间，他除了像一个粗壮而倔强的男人，有着灼热的呼吸和坦率的胸怀以外，并没有顽劣地奔开、愚弄她，遁到自己的恶毒而淡漠的世界里去。 从侧面凝望着他的闪着光的前额和丰满的鼻翼的时候，他唱歌似地呻吟着，欢乐得癫狂。

把稀薄微黄的雾霭沉落在它的遥远底下，巨大的橙色的月光，迅速地升高，挥脱了诞生的血丝，耀出明晰的白光来。 在干包谷地侧面的山峦上，扁柏树虔诚地瘦弱地迎着月光站立，像一些痴痴回顾过去生活的老妇人。 风溜过，干包谷叶和野竹发出耳语。

这甜美的世界在这一瞬间就属于郭素娥。 张振山今夜，有要求也有正常的希冀，的确并不乖戾。 在粗手指间拨弄着香烟的火帽，他高高地支着腿，向女人沙哑地说：

"那时候我就出来了，在江苏省的无锡县（今无锡市——编者注），我从日本人的追赶里开出两个火车头，还带有五列车的伤兵，哈哈，你从来没有见过伤成那样子的。 日本人有时候用毒弹。"望着月亮他沉思了一会儿，"那些站长，全是该杀的混蛋。 他们又蠢又懦，只会赚钱。"他把多肉的大手响亮地拍在膝盖上，"这些家伙多半不是好种。"

"我们这场上有一个镇长，他嫖了好几十个老婆……他们哪来那些钱的呀！"郭素娥努力在听懂对方的异乡口音之后，深深地叹了一口气，懒懒地说。

隔了一会儿，张振山回答，声音变得破败一些：

"那些车头，兵还是到不了南京就送终了。 ……你现在怎么也赞成我的话呀，你是很保守的，没有想过这些。"

"啥子？"

"你不会想到很多另外的事。 在这社会上，有很多复杂的事。"张振山玩着女人的手，以一种稀有的忍耐解释，"你一知道它，就简直觉得你周围原来如此。 还有好的，还有坏的，但都是大的，你会不想过你现在的臭日子，像臭泥坑。"

郭素娥喜悦地沉默着，霎着眼睛像在竭力理解对方的话和声调。

"我想到城里做工去。"

"女人也多做工的。 但是可怜。 你不够……"

咬着牙齿，郭素娥叹了一口气。

"我今天一直不回去，和老狗打了架。 他知道我们了。"

"知道吧，"张振山简单地说，后又撑起上身来加上，"一脚踢死他！"

"我好些天吃不饱了，今天就吃了一点面……"

张振山使力地坐起来，瞪大眼睛望着她，一面把手探到荷包里去。

"那拿去。 今天吃不到了，明早上喂饱吧……我隔些时给两百块钱你做本钱。"

"你说啥子！"郭素娥攫住几块钱，尖声叫。

"你可以运一点货，摆摊，我帮你忙，叫火车替你弄。"

郭素娥颓唐地倒在坚硬的地上，举手蒙着潮湿的眼睛。

"你不想要我么？ 我跟着你到城里去，纱厂里做工，很多人都是这样！"她以一种喘息的、呜咽的声音迅速说，"你以为我只要钱，二十块，四十块，两百块，像那种女人？哼，我知道你们的心，我拿你的钱，是当你做我的人。 我吃不饱啦，我想跑开这臭泥坑，跟着你。 我会做事，会把样样都弄……好……"在这里，她发出一种细弱的呜咽来，狂躁地激动着，说不下去了。

张振山恼恨地拔着眼旁的刺草，严刻地皱起眉头，大声回答：

"你要跟着？ 我是一个坏蛋，你不知道？"

"你好。"

"说谎。"张振山恢复了阴郁。 他把野草拔起来，在嘴唇上狠狠地吹着："这月亮大得出奇！"

"嗯，告诉我，你想要我不要？"郭素娥在脸上挥着手，"不想吗？"

突然，张振山把她亲切地扶起来，使她坐好，对着她的脸喷着口腔的热气，用那种今天刚开始说话的时候所用的嘶哑的声音说：

"这个题目简直演算不出呀，女人！ 你是不知道什么的，你只知道男人。 可是像我这样的男人是一个不顶简单的东西。 我从里面坏起，从小就坏起，现在不能变好，以后怕当然也不能。 我要很久地试验下去，不想丢掉我自己。 这是坏心思！ 可恶！"他停顿，脸上呈显出深深追索的神情，"也不一定，我总是我这个坏子！ ……比方说，在你面前，捣了鬼，我觉得我不是张振山，只是一个男人了，这叫我怀恨。 想来想去。 我老是卫护自己，像一匹贱狗一样！"他的声音突然愤怒起来。 他皱起狰恶的脸，在一块小石子上狠狠地摩擦着像大虾蟆一样的手，刺耳地哑响嘴唇："看吧，别人终会踢开我的；但是我没有甘心被踢开的理由！"

郭素娥脸上严肃的神情被青灰色的疲倦代替了。 她失望地望着月亮。

"多好的月亮哩！ ……"她低切地呜咽起来，"你说些啥子啊……不要我？"

张振山站立起来，粗笨地挥着手。

"不要哭，女人，你让我发火又心酸。 我现在正在想法解决，你不懂的。"

"我懂。"女人凄凉地叹息。

"你懂什么？"他愤怒地说，接着便带着心酸的讽刺加上，"你不懂呀，你只会叫乖乖。 回到你的老狗那里去吧。"

"你说？ ……"被伤害的郭素娥叫。

"我说？"他踩倒一根憔悴的包谷，残酷地走了两步，又回到郭素娥的面前，用一根手指指她的冒汗的前额，"我并不是对你坏；我是对自己坏！ 我凭什么不喜欢你呢？ 好，我要走了。"

"慢点呀！"郭素娥失望地扬起手来。

"还缠不清吗？ 我不会使你吃亏的。"他恶狠狠地站住，然后又踏着枯叶走回来，"哦，这样，我问你，鸦片鬼怎么知道的？"

"怕是魏海清说的。"

"魏海清是你什么人？"

"亲戚哩。"女人冷淡地回答。

"你喜不喜欢他？"他嫉妒地望着郭素娥，"他是个无用的蠢货，光会爬地。"

"他？"郭素娥收缩着眼睛，梦想了一会儿。

"他摇头摆尾，一副可怜相！"

郭素娥慢慢吞吞地站起来。

"不要乱骂人吧。"

"唉，算了，骂你心痛的。 对啦，今天我跟你讲和吧。"张振山忧虑地向前走了一步，抖着肩膀，仿佛企图抖掉他的阴郁和内心的交战似的。 随后，他扭了扭颈子，向郭素娥走去，猛烈地把她举在手臂上，发出了一声短促的欢笑，很久很久地，他在清丽的月光下这样举着女人的丰满而灼热的身体，粗阔的脸上没有丝毫的表情，显得呆板。 最后，他激烈地在手臂里抖着郭素娥，往扁柏林那一面走去。在经过一株低矮的小树的时候，他把背脊依着树干俯下紧紧收缩的脸，伸出大舌头来舐着她的嘴唇和鼻子。 在男人的强壮的臂弯里的郭素娥，这时候摆脱了一切挂虑，摆脱了一切悲愁、惶恐和怨恨，从有毒的黑暗的沉默里醒来，发出了粗野的淫荡的，放肆的欢笑。

…………

七

一个捧着竹烟袋的疯了的工人慢吞吞地拖着他脚上的铁链，从锅炉房的水池区出来，站定在煤渣路上，向在桥基上工作着的魏海清们开始他的咒骂和宣讲，在叫嚷中间，他轮流地取着手里的五六根点燃的香，贪婪地麻木地吸着烟。

"坏蛋都替我站出来，那些从心里坏出来的坏蛋，你们杀了我也干净，杀我免得我心中作难。 ……老子那些时吃白泥巴也过来了，没人敢欺，今天倒遇到你们这些。 地上无人讲公理，天上有三十三层天，地下有十八层狱，狱下有火烧狱，你们这些混蛋，王八蛋。"他跺着脚，惨厉地扬高他的声音，"哎哟哟，我心中十分作难！"

魏海清的伙伴向达成，一个长发、面孔俊秀、喜欢唱流行歌曲的青年人，从桥柱顶伸直结实的上身，向他扬着手里的砌刀小声喊：

"喂，走开些，矿长在这里。"

疯子直勾勾地瞪着眼睛，仿佛在理解对方所说的话，随后，他的脸上抽搐地浮显了一种混合着愤怒和狂喜的神情，像真的寻到了仇敌似的，厉声叫：

"就是矿长，我也要捅他屁股！"

作为这叫骂的回答，两个穿着黑色新制服的矿警在屁股上按着枪跑了过来。

"你们这些坏蛋来作弄老子，你们狗才！ 你们砌屋搭机器，叫老子受闷苦。"他举起那一把冒烟的香，在身体的周围划了一个大圈，仿佛这么一划，他的仇敌就不能走近他似的，"你们明天就要让斩尽杀绝！"

当一个矮小的矿警触着他的肩头的时候，他暴烈地跳起来，使铁链锒铛作响，把手里的香击打在对方的制帽上。 无论如何，他不愿意放弃这一把香，和另一只手里捧着的烂烟袋。 他和矿警争夺，暴跳，一直到他终于被绳索绑起。

"你们有枪呀！ 你们的枪放不出来！"他的惨厉的叫喊在水池上面回荡着，"你们就是一枪一炮把我打死，我也心甘！ ……"

向达成在疯子被矿警绑走了之后，摇头望了望下午的白色的太阳，从石柱上跃下来，向撸起脏衣袖的魏海清说：

"关碉堡去了！"他用手在颈子上绕了一个圈，表示被绳子系着颈子的意思。

"明天又得出来！"魏海清弯下腰，在石块上敲着烟锅里的烟灰，感喟地说，"他们关得起他？ 一天三餐饭哩。 平常关工人要工人出伙食钱的！"

"在军队里关人都不要士兵出伙食钱的，他妈的熊！"向达成把砌刀摔在泥堆上，扒开胸前的衣服，野蛮地吸气，接着，他奋激地扬起嗓子，唱了起来。

"大刀向鬼子们的头上砍去！"

"你为啥子不当兵了？"魏海清拴好烟杆，问他，但回答的还是粗蠢的歌声：

"抱着敌人的老婆，前进！"

"哈哈哈，毛延寿你这奸贼呀！"他系好裤子，拾起砌刀，向桥柱跃去，开始工作，使力地搅着泥灰，凿碎石块。好久之后，他把带着工作的严谨的漂亮的脸向着太阳，向旁边的老迈而强壮的郑毛忧郁地问：

"你们说，他原先也是土木股的，他怎么疯的呢？"

"他赌光了，后来又在路上撞翻了油，"郑毛哑声回答，"赔了两百，白做三个月；这么一急，好不转来了。"

"我们今天捣不成这个了。包工划不来，他们有诡计！"魏海清张开卷起衣袖的手臂，带着茫然的失望神情瞧着石柱，加进来说。

郑毛把他的扭曲的老脸向着他，闭起眼睛。

"是啰。机器工做包工才划算的。这回两万。"

"你妈的，那些家伙。"向达成在手里灵活地转一转砌刀，笔直地站在桥柱上。他之所以恨机器工人，是因为他们不为他所希望，把他认作一伙。"看啊！"他羡嫉地叫，"一个家伙弄摆摊子的女人，二十块钱八回！"

魏海清胸膛震动了一下，急剧地弯下腰去，翻起土来。但他还是偷听了伙伴们的对话。

"你说说底细！"郑毛的老脸上闪出一种忧戚的光采，像这件他原已冷淡地知道的新闻现在被人说出来却触动了他对某件刚过去不久的事的回忆似的。把强壮的手臂向太阳挥了一挥，他一面把腿在泥地上舒畅地伸直。

"我也不知。魏海清知道吗？"

郑毛的左眉注意地扬高。

"不知。"魏海清回答，"哪个问这些……事？"

太阳像一个白色的、空洞的球体，在魏海清面前恶意地摇闪着。锐烈而深刻的痛苦使他遗忘了周围所有的人；使他的眼睛昏花，胸膛疼痛。但不久，一种沉毅的、忍耐的、音调深沉而少波动的歌声从老郑毛的唇上长着硬髭的嘴里舒畅地倾流了出来，使得秋天下午的空气温暖而融和，爱抚地包围了未完工的石桥，包裹了这痛苦的鳏夫。抖了一抖胸膛，这中年工人从眼睛里流出一种温暖的、凄迷的、潮湿的光波，发出更深沉的声音，加入到这歌唱的忧戚的暖流里去。

魏海清有着各种顽固的习惯，一向是自己烧饭吃——宁愿自己吃隔天的冷饭，都不加入伙伴们的热闹的伙食团的。这种孤独和俭省的僻性使他不大和他的伙伴们，尤其是那些外省来的、当过兵的人接触。这天晚上，刚刚七点钟，当伙伴们还在隔壁屋里听那个醉心当工头，以当过兵自骄的向达成讲故事的时候，他便独自躲在自己的破朽的小木屋子里，抽着烟，咬嚼着自己的痛苦，不再出去了。

门板猛烈地碰响，他的七岁的、身段粗野浑圆、大脸上有着一对永远露出好斗的防御神情的眼睛的儿子，肩着一个小破布袋跃了进来。

"买了，好多钱？"魏海清问。

"两块钱，一斤一两五。"儿子甩着布袋，大步跨到桌子前面。

魏海清伸手到布袋里去。

"怎么买的是巴盐？ 要椿！"

"偷不了个懒！"儿子擦着小手掌，一面昂头恶狠狠地吹着电灯。 他没有一秒钟能静止，一下扭着腰跳到门槛上，向外面张望，一下又撒开裤子，在屁股上浑身扭动地搔着痒。

"你怎么这样久。"魏海清沉闷地说，"又跟人打架？"

"不成。"儿子粗暴地仰起头，"我听见说山上刘婶偷人，卖，二十块钱八回！"

"胡说！"魏海清笨拙地站起来。

从隔壁屋子里，透过来向达成的响亮的、骄傲的声音："那个老头子说，'你们既然要打，我来跟你们喊一二三——一，二——老头子喊到二喊不下去了，太惨；女人就跑了出来，跟两个连长叫：'你们要是都看上我，你们就把枪给我！'……好，两个爱人都把枪给了女人。 你晓得那个卖香烟的女人怎样？"

"说！"

　　"她呀，哼，'你们不能死，你们为国家打仗，我是一个没有用的，你们争我不值得！'——砰！ 一枪自杀了！"

　　话音突然停止，有两秒钟，屋子里紧张着沉默。 然后，便爆发了一个尖声的叫喊，所有的人嚣张地议论了起来。 魏海清的儿子急剧地悄声地，像一头野猫一样，奔了过去。

　　"高你妈的瘟兴！"在昏暗寂寞的这边屋子里，呆站着的魏海清咒骂。 当他重新坐到床板上去，抽起烟来的时候，郭素娥的丰满的、淫恶的肉体的形影就开始在焦闷的烟雾里浮幻地一次一次地闪现，使他惶恐、痛苦。 血液升到他的皱作一团的长脸上来，使它灼烧，但在他的内部却有一种冰凉的东西不时震颤着，逐渐扩大。 在拼命地吸了几杆烟之后，惶恐和痛苦就被对过去生活的绝望的悔恨所代替了。 这时候，他攫得了浮面的安静，清晰地回忆起几件细微的事来。

　　这些事，遮盖着积年的灰尘，早已不被他想起。 现在却放射着全然新异的光芒，刺目地，赤裸裸地呈显了出来。 在一个山峡里咆哮着苦寒的风的冬天的黄昏，他为了女人没有在他勤苦的劳作之后替他热好饭，暴戾地捶打了她，使她的头碰伤在灶角上。

　　她是一个丑陋、极能忍苦的强壮女人，无论挨着怎样的毒打，都不呻吟，不反抗；但现在，在六七年之后她却在魏海清的悔恨的心里呻吟，反抗了！ 那个晚上，魏海清能够极明亮地记得，从风声里，隔壁穷苦的贩子的凄凉的笛子声呜咽地传来，再隔两天便是送灶神，过年的时候了。

"那年娃儿才一岁。我点三根草的灯，成堆的红薯……过得还算……"他寒战了一下，重新地急剧地抽着烟，竭力摆脱这个回忆，但立刻他又落到另一深渊里去了。

……赶场回去的郭素娥，穿着不怎样干净的青布短衣从石板路上粗野地性急地走过来，在他家门前的一棵老黄桷树下停住，和他坦率地谈了几句话，咒骂她的穷苦，她的抽鸦片的丈夫……这就是全部。这怎么样会有让人回忆起来的魅力呢？但这鳏夫现在回忆起来了。他记得，郭素娥的脸庞，在那棵树下，是粗野，年轻，而且异常红润的；她的乌亮的头发垂在颈上，又是柔顺的；而拿在她的肥腴的手里的一块黑布，是细致的，闪着愉快的光的……

郭素娥的穿着新黑鞋的脚，好几年前走过那棵树下，没在草丛里的最后的一步，现在绕着奇异的光彩，像踏在他眼睛上一样，使他眩晕！

"她那时候就是那样一个女人了！"从桌子上移下手，他站起来，"嗬，人一生作多少孽啊！"

从隔壁房里，传来一个低嗄的兴奋的声音：

"啊嗬，那女人生毒的！"

"二块五一斤肉，便宜呀，……你们都去试试看。"老郑毛说。

魏海清蠢笨地扬起拳头，向灯光扑击着，终于不能忍受地冲出门去了。在土坡上抱头蹲下来，他怨恨地茫然地遥望向对面的山峦。

山峦带着黑暗的威胁，站立在厂区的绚烂的灯火背后。在灯火密集的中心，在远远的两端完全漆黑的山峡中间，厂房的宏大的轰响，大烟突上面的浓烈的黑色烟带，煤场后面的焦炭炉的腥红的火舌……这一切，以一种雄伟的狂乱，在山峡的顶空严重地升腾着大片繁响的浓云。

魏海清无法理解这庞大的劳动世界的秘密，在它面前感到惶惑，体会到恶意的嫉恨。在繁密的灯火的摇闪里，在滚腾的浓烟里，张振山的粗壮、强力、凶残的身影浮幻了出来，大步地向前踏走；而在他的臂弯里，郭素娥淫贱地，快意地颤抖着。

"去你们……"他抓起一块小石子，盲目地砸过去；石子落在坡下的水田里。

幻像一瞬间消失了，就仿佛被他的石子砸碎了似的。他伸直酸痛的腿，站了起来，向伙计们的房间走去。

"把我苦伤了。一个……女人啊……"

淫荡的、感到疲劳的歌声和低劣的叶子烟的烟雾一同从狭窄的门框里飘流出来，当歌声中止的时候，跨进门框的魏海清听见了老郑毛的豪迈的、慈和的大笑。

八

张振山和郭素娥偷情的新闻，像饥饿的乌鸦一样，从多嘴的杨福成的嘴里出来，翔遍了矿区的每一个角落，寻找它的食粮。

在工人们里面，它受到了恶意的欢迎；但这欢迎并不持久，仅仅经过一两个钟头的叫嚷、咒骂、嘲笑，它就变得枯燥无味了。然而在那些喜爱闲谈的材料的年轻的职员那里，它却不但被款待得持久，而且还染上了丰富的色彩。他们把它带到饭厅、篮球场、厕所里去，有两个星期当它做问话的礼节，比方：

"你好，二十块钱八回！"

"我们去看看那个二十块钱八回去。她还在摆摊子么？"

郭素娥又开始摆摊子，这次在煤场前面，而且生意异常好，但张振山却一点也不知道。因为忙于火车头的完工，他好些时候没有到郭素娥那里去了。在机器的鼓噪里，逐渐让心里面的对于郭素娥的暧昧的情感淡下去，是他所乐意的。

"我张振山不喜欢那些又甜又酸的呀！快要完事了。"他在肉体的愉快的疲劳里对自己说。但这新闻传出来，却异常合他的胃口，使他觉得，事情将要另一样地完结。但听到这消息的内容的时候，他就让自己坦率地挂念起郭素娥来，一变往常的态度，对周围变得阴沉而愤怒。

当他走近杨福成，预备责骂他时，后者正和伙伴们一起坐在石坡上，努力地读一张报。

"喂喂，你来得好！念大声我们听，苏联怎样呀！"杨福成招手，哗哗地抖着报纸邀他。

张振山阴郁地望了他一眼，但立刻就把目前的心情按下，接过报纸来。

"基辅城郊激战中！"他粗暴地念，咳嗽，坐在伙伴们中间；往下念的时候，他的声调明亮起来了，"联军曾一度被迫后退……随即坚强反攻，夺回重要村镇共三处。……"

"基辅在哪里？"陈东天认真地问。

"在你屁股上。"杨福成跺了一下脚，转身向他。

"在苏联南边。"张振山瞪着杨福成，一面用手比划着，"你看地图就能找到，有一条大河……，就是这个第聂伯河。"

"它会失么？"

"难说。"

"德国哪这凶？"

"凶锤子。隔几个月看罢。"

"说中国的消息。"

张振山伸开腿，抽着香烟，向阴沉的天空瞥了一下。

"中国？自然顶呱呱啦！"他油滑地说，摔掉报纸，笨重地走开去了。

他自己也不知道为什么要离开伙伴们，究竟要走到哪里去，他只是衔着烟，在锅炉房后面的堆着灰渣的空场上慢慢徘徊。因为某种难于解说的理由，他现在又极不甘心回到自己的阴沉的心情上来；所以，当看见几个少年在愉快地向电杆上投铁镢的时候，他就走过去。

　　"喂，看我的！"他用和读报同样响朗的声音说。　他自己也没有料到他的阴沉竟已经消散，发出这样大的声音来。他从一个小伙子手里抢过铁镙，狠狠地舞动它的细绳索，一面咬着牙齿，从齿缝里咒骂着。

　　但他没有投中。

　　"唉，真蠢，还是看我的！"

　　这小家伙投中了。　他拉开嘴，露出他的向外突出的黄门牙，骄傲地微笑，摇着头。

　　张振山摩着手心，不同意地皱起眼睛，含着一个恶意的微笑确信地说：

　　"你明天一定要跌掉门牙！"

　　"唉呀！"小家伙回答，"跌到二十块钱八回上面去了！"

　　"看准，不要开心！"他懒洋洋地说，接着便阴郁而严厉起来，"你快活得很！"

　　他离开他们，摇晃地向煤场走去。　他现在真的变得阴沉，而且竭力在持续这心情了。　当他意外地发现了郭素娥的摊子的时候，他便抱住手臂，准备打架似的站定。

　　女人在摊子后面垂着头，背脊弯曲，显得异常疲倦。　她不伸手拿东西给她的顾客，也不收起放在摊板上的毛票。　当人们好奇地望着她的时候，她就懒惰地、直率地用眼睛对着他们。　她无希望，像一个不能谋生的女人。　那在山峡上空悬挂着的干燥的白云，煤场上的劳动的喧哗，人们的有毒的眼睛，都显得于她全无干涉。

张振山开始，用他自己的话来说，撬开自己，让对女人的怜恤在他心里生长起来。因为这怜恤，他就更恶意更狠毒地看着周围，看着在女人的摊子前面走过的人们。

两个穿制服的年轻的职员走近摊子，买了一包烟，在给钱的时候故意逗弄郭素娥。

"多一毛钱不要补了，送给你——就是她。"戴眼镜，脸部浮肿，嘴唇鲜艳的一个转向他的朋友说。

"嘻嘻，便宜呀！"

"尼采说，到女人那里去的时候，莫忘记带鞭子。"

"莫忘记带二十块钱。"

郭素娥突然倾斜着身体站了起来，在胸前握着手，愤怒地叫：

"滚开去！"

"哎呀呀，这凶法，有钱就不凶了。"

女人推开凳子，俯下腰，抓了一把煤灰向两个欣赏者摔去。

"叫矿警赶她出去！"没有戴眼镜的一个挥着手喊，闪出他手腕上的表。

张振山的阴沉的咆哮从摊子后面响了过来：

"我来替你们赶！"

一瞬间，他跃过来，挥着他的巨大的拳头击在戴眼镜的职员的胸膛上。从煤场的两端，工人们向这里奔来，发出粗野的呼啸。 在这同类的呼啸里，张振山抽搐着面颊，成了不可抵御的狞恶的野兽。 他的隆隆的咆哮震撼着低空，从工人们的冒热气的骨头上滚过：

"你们吃饱了！ 看吧，老子不用带鞭子！"

两个职员狼狈地逃开了。

张振山穿出人丛，向郭素娥吼：

"回去，不要再摆摊子！"

郭素娥沉默地、十分安详地望着他，把手举到头发上去。

"你等会儿来，我跟你说话。"她苦楚地、确信地说，接着便弯下腰，露出刚刚觉醒的猛力，收拾了花生和香烟，背起门板来。

"这女人好大力！"一个老头子说。

张振山把手抄在衣袋里，用鸭舌帽遮着眼睛，下坡向厂房慢慢走去。 二十分钟后，他便被喊到总管马华甫的办公室里去了。

总管的胖脸严峻，闪烁着青灰色。 当张振山进来的时候，他放下手里的修指甲的剪子，转动头颅，戒备地望了他一眼。 张振山走到离大办公桌两步的地方站住。

"你打了职员了！"好久之后，总管望着地面，在喉咙里说。

"对。"

"你做错了。"

"我？"他慢慢地摇头，一面望着在窗外窥探着的伙伴，"我不错。"

总管马华甫移动了一下椅子，锋利地瞧向他。

"你说说看。"

"那是两个狗一样的东西！"

总管突然歪过难看的脸去，向贴在窗玻璃上的陈东天的鼻子叫："走开！"接着他向张振山说，"你太无礼貌！"

"要怎样才叫有礼貌，一个工人？"

"你连我也不尊敬，你蔑视一切，忘记你的本分！"

"我的本分是什么？"

"听你的长辈的话！"

"我在这世界上从无亲人，谁是我的长辈！"

为了抑止自己的尖锐的愤怒，总管马华甫依身到桌子上去，翻了一下卷宗，随便地取出一张信笺来，读着那上面的字。其实，字在他的眼前浮幻成小黑虫，他什么也没有看到。

"喂，张振山，"他把声音放低缓，"你不听我的话么？"

"听的。"

他又开始读信笺，这次镇静地读下去了。

"现在你听我说，你以后决不能这样。因为是你，我们才这样处置的。"

"我？怎样处置？"

"不怎样的。"总管停顿下来，抓起桌上瓷盆里的一根香烟，点燃，"矿长的手谕，要开除你，我的意思不是这样。你懂不？……"

"说啦！"

总管喷着烟。

"罚你包工的钱。"

"多少？"

"全部。"

张振山的手痉挛地抬到胸前。

"不重吧。"总管的粗眉头在锐利的眼睛上面覆压了下来。 但出于他意料，张振山在屋子里粗笨地走了两步，镇定地站在壁前，开始抽起烟来了。

"啊哈！"他在椅子上震动了一下，挥着手，用愤怒的、儿童的声音叫，"你……怎样？"

"现在是这样，钱是我做苦工得来的，还我！ 把我开除！"张振山张开大虾蟆似的手，蛮横地走上一步，脸上有假装安详的笑容。

"不行！"马华甫站起来，用手攫住公文，仿佛张振山要来抢劫一样。 张振山咬着烟，严厉地望着他。

"我揍他们错了吗？ 你未必会知道我和他们究竟谁无耻。 你从前也做过工，但现在不同了，看哪，他们这样可怜，无耻，侮辱一个孤苦无依的女人！"他扶住桌子，声音洪亮，充沛着一种雄浑的激动，"告诉马先生，我们工人知道的是很简单的；但给我们吃甜吃酸，想挑拨也不行。 我们是生命之交的朋友！"

"你的行为最不规矩！"

"规矩？ 养胖的奴才最规矩！"

"住嘴！"总管击桌子，厉声叫。

张振山把灰白的脸朝向窗外。 他的眼睛发红，喷射着可怕的光焰；在他的胸膛里，滚动着一个压抑住的、残酷的哮号。 最后，他摔去烟蒂，使整个的房间战抖地跨着大步走出去。

在铁工房前面，少年的陈东天摩擦着手掌，气喘地向他奔来。

"老张，你有种！ ……"

昂奋地，狂喜地跃上来的杨福成，紧紧攀住张振山的肩头，一面挥着手打断了陈东天的话；但是当他开始自己说的时候，他就倏然变得奇异的严肃。

"老哥，你究竟……"

"老哥，你预备怎样？"吴新明弯着长腿，在两步外挂虑地问。

张振山闭紧嘴，瞪大眼睛望着伙伴们，最后向前跨了一步，战栗着下颚回答：

"兄弟们，我终归要走了，带那个女人——"

九

刘寿春在黎明时候就出去了，一直到现在，到郭素娥背着木板提着箩兜回到小屋子里的时候，还没有回来。 郭素娥感到微微的眩晕，鸦片鬼的不在正好使她不被骚扰，自由地休息一下，等待张振山，等待命运的最后的判决。 她在床沿上坐下来，垂着头，开始咀嚼刚才的事，尤其是张振山的行为所给予她的印象。

下午的山巅上很寂静，风眼厂的机器有韵律的鼓动声在杂木里昏昏地波荡着。

一种丰裕的狂喜，首先雾一般地在她里面浮动，使她惶恐，随后就坚实地燃烧了起来，将她的面颊变得柔软、红润。 她的眼睛发灰，她的呼吸幸福地急喘了。

"回去，不要再摆摊子。"她咀嚼着，"他今天一定会来；恐怕就来了，要不然，晚上……哦呀，我这个女人！"

她的眼睛里浮上了泪水。 她喃喃着站起来，察看自己打了好几个小补丁的干净的蓝布衫，然后走近桌子，向屋子光徒的四壁凄楚地注视着。 由于一种不可思议的激动，由于平常总是用劳动来稳定颠簸的心绪的习惯，她从桌棱上拖下抹布巾，到门前的水沟里去沾湿，开始专注地擦起桌子来。

在擦桌子之后，她的身体温热，萌生了一种要把整个屋子全收拾一下的欲望。 她铺床，以细致的心情扫了泥地。

她把破扫帚举到头顶上去，擦着墙壁上的灰尘的波痕和蛛网，就像在这生霉的穷苦的屋子里即将进行一件体面的大事似的。 几年来，郭素娥在饥饿穷困里变得粗野而放肆，从不曾有过这样细致的心情；几年来，女人无抵御地跌在险恶的波浪里，所有的一切全溃烂，声音也成为昏狂的，从不曾在心里照耀过这样像田园的早晨阳光似的温煦的光明。 一种简单的柔和的音乐在心底深处颤动，把多日的暴乱、淫恶、毒辣全淹没；她的身体浸着汗，她的灵魂浸着善良。 一个稀有的欲念攫着了她，使她想立刻冲出屋去，向所有认识她的人招供一切，宣说她的屈辱。 最后她掷下扫帚，扑一扑衣服，眩晕地吸了一口气。

"这屋子里要只我一个人就好，没有那鬼……"她坦率地想，走近窗洞，以一个长长的凝视迎着烟雾似的落山阳光。在山巅上面的低空里，两只翅膀闪耀着乌蓝色的鹞鹰，把锋锐的头向着阳光，骄傲地翔过蒙烟的林丛。 风眼机器的颤动声和平地传过来，此外，还可以听到山峡里上行煤车的笨重的震响和它的汽笛的挑战的吼叫。 当郭素娥跨出门的时候，一个中年的庄稼汉正荷着牛轭经过石板路，下到另一边山峡里去。 他仔细地撸起他的衣裳，望着下面安详的田地，牡牛一样慢慢地磨着下颚。 一经过削壁，他就吐出了嘴里的什么，扬起尖利的嗓子，唱起山歌来：

天晴落雨不要埋怨天，

　　　　天干米贵甲子年；

　　　　十字街头无米卖，

　　把搁在轭头上的手放下来以后，他依石壁站住，猛烈地昂起头，在声音里充满了烈性的悲愤：

　　　　饿死多少美姣娘！

　　没有多久，从昏暗的峡谷底下，冲破梦境似的沉郁和疲劳，另一个更锐利更昂扬的声音应和着飞扑了出来，使得黄昏的空气似乎在破裂，在猛烈地闪灼。 在这声音戛然中断之后，是工厂的汽笛五点钟的怒吼。

　　傍着一株扁柏树，站在草坡顶上的郭素娥，被这锐利的歌声逗得焦灼起来。 她不安地搓着手，歪着褐色的颈子，微微张着充血的唇，向底下的厂区渴望着。 在她后面，从邻家毗连的屋子的门洞和窗口，浓烈的干柴烟带着盛夏的气息喷了出来，凝滞在草坡上。 现在，郭素娥淹没在自己的欲求里，升腾在这平常的晚餐的辛苦的柴烟之上，对自己的邻人更冷淡，而且因为他们永远在臭泥沼里面爬，障碍自己的幸福，对他们怀着骄狂的憎恶。 她仰视着对面蓝黑色的山峰，和山峰后面天空上悬挂着的深紫色的云柱，希望在这仰视里，张振山会不知不觉地走近她，向她伸出允诺的手臂。

　　但她失望了。 两只乌鸦掠过她的头顶，作着低旋，向扁柏林里栖去，它们突发的尖叫把她惊醒。 显然的，张振山在晚餐以前没有来的希望了。 但刘寿春今天一整天到哪里了呢？ 他还有什么地方可以骗钱用呢？

"他总要有诡计的。 这样的人也能在世上活……"她喃喃地说，用来安慰自己奇异的焦灼，走进屋子，在黑暗里摸索，煮起包谷羹来。

但她没有吃一点点。 她的心绪变得险恶，那些在一点钟以前她为了使她的幸福的自觉持久所做的努力，现在除了疲劳以外，什么效果也没有留下。 她感到周围的一切，这黄昏，这山巅，那风眼机的昏沉的晕响，那喜爱人家不幸的邻人，都不给予一点呼吸的空隙似的，向她不吉地迫来。 她从窗洞茫然地向外面张望；那升浮在山坳里的厂区的灯火的眩晕，在她，仿佛是一场无声的火灾的映照。 不幸绝不会离开她这样一个女人的，她想，同时感到不幸正在像凶横的军队似的向她围拢来。 她紧紧地扳住窗洞的木柱，就像一个落水的人情急地攫牢一根枝条似的；仿佛这世界是这样地迫害她，她除了这一根窗洞的木柱就别无所依似的。 她在锐烈的失望，不，被摒弃的打击里，发出痛苦的呻吟。

她不大清楚她是怎样挨过这几个钟点的。 她焦苦地坐着，守着油灯，张振山没有来，现在已拉过九点钟的汽笛了。 她开始盼望任何一个人来，不管是魏海清或是刘寿春，由他们来，她会更感到那种绝望的希望变态的欢乐；她会奋身哭号，骂，声言她要永远脱离这种生活，不管到哪里去，纵然去死，去了也就算了。 但现在，埋在屋子的荒凉的空虚里，由焦急而糊涂，她逐渐不能明白自己的处境了。

"人家骂我，关我屁事——这样才受不了啦！"好久之后，张振山的思想，以她的声音在她里面不可捉摸地浮荡了起来，"一个人活在世上，一生总在挨骂，遭打，这是凭啥子！ 为啥子要挨下去呀，我恨煞他们，这次再不成，吃不饱，挨穷，我就死了……哎哟，我的姆妈呀！"

门板轰然的碰响，惊得她跳起。 接着是短促的寂静。

"啊，他——来……了！"

她奋力扬起手臂，像挣脱什么东西似的，然后跃到门前。 但当她看见跨进门来的是刘寿春和别的几个镇上的人的时候，她就浑身凉却了。

刘寿春用手里的灯笼照着门槛，恶毒地俯身向地上张望着；轻轻地跨进门之后，他把灯笼提到嘴边，从肮脏的短须里吹熄。

"进来！"他向站在门口的人招手。

顶前面跨进门来的，是绰号叫黄毛，黄色的眉毛在扁平的额上连起，在粗黑的胶粘地下垂的眼皮底下闪出一对含着恶意的窥探神情的眼睛的，场上有名的光棍。 第二个是刘寿春的高大的年轻的堂侄，一个简单的长工，他到这里来，并不起什么作用，只纯粹地探听一下，看这个被所有的人憎恨的漂亮女人究竟是怎样，以确定自己的飘摇不定的道义心。第三个，是保长陆福生，当他跨进门来的时候，他庄严地除下他的新礼帽，把平板的黄脸仰一仰，露出两颗金牙，向主人带着毫无意义的严肃说：

"就这吗？"

刘寿春狡猾地转动一下眼睛算作回答，同时，他挺直身躯，用手在空中划了一个大圈向郭素娥狠恶地说："替我跪下来！"——在说话的时候，他顺着手势吃力地俯下腰。

女人动着失色的嘴唇，摇着头，明白了自己的绝望。在喉管里震响了一下之后，用一个郭素娥这样的女人在最后的绝望里所能有的愤怒的一击，她以一种充满不可侵犯的尊严的声音叫：

"哪个敢动我！"

黄毛展开阔肩，抖着手里的绳索，就像郭素娥的话是一个邀请似的带着惬意的微笑走近来：

"对不起！"

女人跃向桌子，擭着盛满冷汤的大碗。

"我是女人，不准动我！"她伸直嗓子狂喊，接着就将大碗猛力砸过去。这碗击中了刘寿春的脑部，使他呻吟了一声，带着汤水和碗的碎裂声一同向壁角翻倒下去。

黄毛扬起胶粘的眼皮，跃过来，用绳索鞭打郭素娥，在保长和长工的帮助下将她紧紧地捆起。在捆绑的时候，不管他的颊上怎样被抓破，他把大手伸到女人的衣襟下去，使劲地，狠毒地捏着她的乳房，以至于使她疼痛得厉叫起来。

"你们是畜牲，你们要遭雷殛火烧；你妈的，我被你们害死，你们这批吃人不吐骨的东西！"她的惨厉的，燃烧的吼叫从小木屋子里扑出来，冲过围在屋前的邻人们的头顶，在黑夜里，在杂木林上回荡——"好些年我看透了你们，你们不会想到一个女人的日子……她挨不下，她痛苦……"最后，她侧身向刘寿春的堂侄，"哦，你是怎样的人呀，你也变成这样……"

在屋外的土坪上，一个老头子从嘴上拿下烟杆，在众人的沉默里批评：

"好厉害的女人啊！……确实，确实如此！"

"我早知道这手哩！"那个郭素娥曾经向她借水的新媳妇说。

"岁月坏，尽出这些事；要是不穷苦呢，这女人也不坏。"

"黄毛一来就无好事！"这是一个中年男子的奋激的声音，"陆福生专门顶王八。刘寿春尝得吗？"

而在屋子里，当女人的叫声裂断了之后，临到了一个仅仅一瞬间的紧张的沉默，可以听到昏暗的空气的颤动。刘寿春的堂侄，那单纯的长工，从黄毛捏着女人乳房的时候她的号叫，尤其是她的最后的一句话里，体会到一种不属于目前这毒辣的小屋子里的世界的，使他的心冷凝的东西，惶悚地把手从她的发烫的手臂上移下来，然后独自走到屋角去，蹲下来抽着烟。从此他不曾触动郭素娥一下，而在以后的日子里，当郭素娥事件的真相明白地被宣露出来之后，对于他的简单的道义心他就变得疑虑。

女人正叫骂得激烈的时候，因昨夜的热病而衰弱的魏海清爬上了山巅，挤在观看的邻人们中间。 就在今天下午，他从一个路过这里的亲戚那里，知道了鸦片鬼受着黄毛和陆福生的怂恿，要抓郭素娥，假若她不答应把她卖给一个因为一种生理病态，死了四个女人的绅粮，就要以家族的名义，仿照上一代的残酷的实例来惩罚她。 这事情后一步可以公开，但前一步，即出卖，是守着秘密的。

魏海清，听着这不幸的消息，在起初，是异常快意的，但到了晚饭之后，这快意就变得苦涩。 他睡下去又爬起来，苦闷地在煤渣路上彷徨，思虑这件事的各方面，思虑他的内心；他对女人的怨恨是不可战胜的，但更不可能战胜的是他对那曾经在他家里做过工的绅粮，对保长陆福生和地痞黄毛的憎恨。 最后，他不再让自己继续想，懵懵地拄着木棍爬上山巅，决定向郭素娥告发。

怀着一种暧昧的激动奔上山来的魏海清，现在是落在失望里了。 他挤在一个抱着手臂的男人背后，从后者的肩上探出他的紧绷的长脸，向屋子里愤怒地凝视。 在郭素娥的叫喊中止之后，他排开前面的人，尊严地提着木棍走进屋子。 他的直视的长脸上战栗着愤怒，显得坚决、丑陋。

"告诉我，你们做啥子！"他低而急迫地问，拄定木棍。

从屋角里，年轻的长工坦率地望着他，当保长陆福生把手抄在大衣里，朝他走来的时候，向他做了一个切断的，但不是他所有暇理解的手势。

保长仰着平板的黄脸，屈尊地拍了一拍魏海清的肩头。

"一向好？"他低低地说，吹着气，"你顶晓得这个女人的，这是地方上的事，我们负责在身，不能容许。"

"她做了一些啥子事？"

保长望望坐在床沿上抱着头的刘寿春，微微显出困窘。同一瞬间，被绑在凳子上精疲力尽的郭素娥，以一个悲愤绝望的凝视向魏海清投来。

"这明明是家事，保长，怎么是公事呀！"魏海清粗壮地跨上一步，叫。

保长陆福生把礼帽从头上取下来，威胁地望着他。

"地方上一直如此，你不懂。"

"她是我的亲戚！"

"哎呀，不要这样甜！"黄毛冷冷地插进来说，同时，刘寿春奋舞着手臂，喷着口沫，在床铺那里毒喊起来了："我不承认你们，你们平常不认得我。……我要重整她呀！ 我要叫你们全看看……"

"不要叫吧。"保长严肃地转向他说。 但他在吞了两个字之后，还是继续叫完："看你们以后欺不欺我。"他转向女人，"看你，哼，你可朗个办我！"

"做鬼也杀死你！"郭素娥咬着牙齿回答。

黄毛侧身走向她，从眉毛底下瞟着她的脑部。

"我们走！"

魏海清在窘迫和孤单里挣扎着，横着木棍走到门口，突然向门外咆哮：

"各位看啊，天下有这种事！ 他们要把这女人卖给绅粮吴朗厚，我在他家干过活，我知道底细……"

当门外像狂风啸过森林似的腾起一阵兴奋的，惋惜的呼喊的时候，郭素娥从凳子上跃了起来，把身体疯狂地击向刘寿春，和他一同滚在地上，发出她的最后的，令人颤栗的厉叫：

"我们都可以死了！"

同时黄毛走向魏海清，险恶地扬起左眼皮，喷着恶臭的酒气说：

"还有话说么？ 这与你何相干——不卖给你么？ 哈，改天请你喝一杯！"

魏海清抑制着自己，倾斜着身体握紧拳头站住。 但他的身体还是摆动的，就像他立刻就要摔倒一般。 他昏迷地告诉自己，他已经尽了最大的力，不要再干涉下去了，但是当郭素娥的含着明显的要求的眼睛射向他时，他就为自己这样的想头战栗起来，退到门板上。

"要我去喊——张振山吗？"他在心里怯懦地说，"我不……来不及了，那要闯多大的祸！"

郭素娥失望地望着门外的人群。 当保长命令黄毛拖她走的时候，她迅速地退了一步，倚在桌子上，使劲地在绳索里扭动丰满的肩膀，像在替决心和杀戮找寻力量似的。 走过门边，她给了她的邻人和**魏海清**以仇恨的一瞥。这一瞥在**魏海清**以后做苦工的日子里，将永远从内心怨毒地照耀，不会被忘掉。

女人跟着刘寿春一群人，走上石板路，走上她十年来梦想着从它走出去的石板路，下到峡谷里去了。在他们后面远远地跟着，不停地吸着烟的，是那年轻的长工。

一个老头子走向呆站在落了锁的门板前面的**魏海清**，愁虑地问：

"究竟朗个回事，你说说看！"

"他们卖她，她不肯就杀死她！"**魏海清**举起木棍，以麻木的大声回答。

"可以报官吗？"

"官今天就来了一个！"

"狗命的！"

邻人们逐渐走散了，吮吸着烈性的痛苦，**魏海清**拄着白木棍在落了锁的门前，在黑暗的土坪上蹒跚地徘徊着。以后就抱着头，把木棍夹在膝盖中间，坐在枯树桩上。

"要是张振山那混蛋来了会怎样呢？"他自己问。接着回答：

"不成的。张振山也不是比他们好一些的人。况且他一个人有锤子用！……他们是贱狗狼群，可杀！"

他倏然站起，望向黑暗的山峡。

"那是一个瘟臭的地方，我**魏海清**决不回去，宁愿在外面饥饿而死，啊！"他摊开手，喘息，想起女人刚才的惨叫来："'你们不会想到一个女人的日子……她挨不下去，她痛苦……'啊，确实如此！"

十

从酒铺的茅屋的矮门上端，透过室闷的油烟，可以看见远远煤场上的灯火绚烂的环节。 坐在伙伴们中间的张振山，用手支着面颊，把肌肉狠狠地挤到眼部，使眼睛显出一种沉思的半闭神情，尖锐地穿过对面吴新明的高耸的肩头，射向门外，射向隐在煤场的灯火背后的，郭素娥所在的山巅。

当伙伴们举起酒杯来的时候，他急剧地从颊上松下手来，俯头到自己的杯子上去，贪婪地吮光酒以后，他呷嘴，又回复他的姿势。

"老弟们，不用心焦！"吴新明舐一舐嘴唇，用老练的、激越的声音开始说，"哪个都不在乎这狗地方的！ 我们湖海漂泊，是到处可去的人！ ……"他吹了一口气，继续说："他们先前说待遇如何之好，一旦来了，也还是如此。 我们难道会被高帽子压碎么，哈，"他得意地笑，"我们的脑袋并不小！ 老张，我比你岁数大些，你此去的时候，我劝你心要放宽……"

张振山放下手耸一耸肩，把变暗的眼睛从烟雾里瞧向他：

"为什么？"

"一个人生活了几十年，总要看透一个真理的。老张，我把我的经验奉劝你。请酒？"

所有的手在萎顿的灯光底下晃动着。但是当吴新明愉快地擦了一下嘴唇，正要继续往下说的时候，张振山深沉的，洪大的声音震响起来了。

"老哥，我不想和你讨论真理。"他把眼光向伙伴们扫了一圈，"我谢谢你们替我送行。这是我的光荣。真的我很惭愧，这两年对大家毫无好处……我想说，"顿了一下之后，他把脸锋锐地朝着他的对手，"看吧，我的真理和你的，一定是不同的东西！真正的我们的真理是怎么样？那当然是：一个工人要认识他自己，他的朋友，他的工作关系；他不要单独一个人捣鬼。他们要发展工作关系，自己团结，休戚相关。你的真理如何呢？你要第一，吓，讲义气，讲尊严。义气一空，你就可要到老婆肚子上去歇凉了！"（话在几声抑制住的大笑里中断了一下）"至于我，我是一个会犯规矩的。我明白一切，老弟们，只是我心里面有多少坏的东西呀！……时常说不要这样，不要这样，结果又这样了……多糟，我希望你们过得好，不像我这样！……"

"我不是说的这些空意思呀！"吴新明带着显明的不满，说。

"你说的是——？"

"待人接物，机警理智。"

张振山站起来，吞下嘴里嚼烂的肉片，打了一个狂妄的呵欠。

"买一本酬世大全看看吧。喂，你们也相信我老张么？"他抓住身边陈东天的手，又把它摔开，他的浓眉头在凸出的额上游动，向眼睛覆压了下来，"我这回是定准又要做一件坏事了。真不甘心呀！"

"你从哪里不甘心？"吴新明露出企图再试锋芒的样子，站起来，在凳子上踏着一只脚。但他的话被嘴里包满了酱肉的杨福成的嗡嗡的大声遮没了。

"你是先上城去……明天，一早？"

"打算这样。"

"你那三百块钱够么？"陈东天仰着脸问。

"不够也只有这样。看吧，马华甫刚才敢不拿出两百来么？什么费什么费，你扣罢，做工的总是做工的，我们……"

"我们一共同要求，他就没法了。"

"记好这个教训，老哥们！……"

吴新明从柜桌那里端了一壶酒过来，站在杨福成身后，尖利地说：

"就是你自己会忘记这个教训，刚才说过的。"

"我认错！不，我并不这样无理智，这样糊涂！"张振山的大脸灼烧，当他扭曲着颈子往下说的时候，可以看见他的尖锐的大喉核可怕的痉挛，"我一下有点事，要走了。 我想再说几句话。 我在这里做了两年，干了不少叫人恨的事，这叫我高兴，但是最后，我要笑我自己，恼火……无聊，……带走一个不相干的女人！"他的粗肥的大手指在烟雾里比划着，"隔几年我们又可以相见了！ 那时候你们看我姓张的究竟是怎样吧。 够不够朋友。 我会倒霉，看不见……"他在眉毛底下愤恨地凝视，"但是……兄弟，我们是不会倒霉的！"

"你还要说什么？"一个沉默了好久的伙伴问。

张振山严厉地，带着深深的藐视和坚冷的热爱，从鸭舌帽底下凝望着在他的前面变得像黄色的斑渍似的山坡上的灯火。

"你还要说什么？"

张振山把大手急剧地扬到和鼻子一样高。

"你还有什么话说？"

激昂地，悲痛地，张振山把鸭舌帽狠狠地从头上撕下来。

"你就走么？"

"是。"

"再喝三杯！"

从俯头在膝盖上的杨福成嘴里，像在夜风里缓缓拉动的二胡的弦音一样，歌声和谐地，凄楚地，带着向渺茫的远方的深的倾慕，流了出来：

哥子呀……

你不必再回来。

当他甩着头发，把头猛然抬起的时候，在昏疲的油灯的映照下，他的平常老是浑浊的眼睛是明亮的，潮湿的；另外两个声音渗了进来，歌声起着奋激的波浪，拍击着烟雾，掀到茅屋外面去。

灾难遍地黎民苦，

家乡的疮痍呀——妹难数！

张振山把鸭舌帽紧紧捏在手里，嘴唇尖着，含着一个坚决的、慈和的微笑，在墙壁前面张开腿凝然站立着。 歌唱的半途，郭素娥丰满的形象在他眼前浮现，使他体会到辛酸的屈服和稀奇的悲凄。

"我做错了吗？"

他微微摇头，脸相变得乖戾，不自觉地涌出一个自恕的微笑。

"兄弟们，"他亲切地说，声音温暖，"我先走一步了！"

所有的人从凳子上站起来，发出一阵惋惜的喧哗。

"祝你得胜归来！"

"明天早上我们送你！"

他大步跨出酒铺的茅屋，跃下土坪，把鸭舌帽摔在头上，在铁道旁边微微凝了一下神之后，就匆促地向煤场奔去。

他预备把女人夺出小屋子来，立刻赶煤车离开这里，到江边的镇上去下宿，明天黎明搭船下城。这个念头是在走出酒馆之后才突然决定的。——他现在不得不这么决定了；他现在终于不能以恶毒的翼越过一个女人的爱情，预备带走她了。这屈服，这温情，在以前，他是以为绝不会在他的险恶的世界里出现的，所以使他感到苦闷和极端的焦躁。

在奔上山巅的时候，酒精的力量发作了起来，使他微微地昏晕。他扒开胸前的绿工衣，露出凸出肌肉的山峰的多毛的胸膛，跃到一块巨石上去，转身凝望着山下的、他即将离开的精疲力尽的劳动世界，猛烈地吐了一口气。

"不要追我！"从里面迸发的一个无声的咆哮使他自己的耳鼓鸣响，"我还要——再来！"

失去了惯常的镇定，他跨着蹒跚的步子走近了小屋子前面的土坪，但一个突然从土坪侧面升起来的长长的黑影使他惊愕地站住了。

"谁？"把拳头掣到胸前，他低厉地问。

黑影响着木棍静静地、骄傲地走近来，不回答。

"谁？"他把声音变得深沉，恢复了镇定。

黑影踱到离他一步的地方站住，弯下腰，怠慢地察看他。

"是张振山吗？"

"魏海清！"张振山残酷地喊。

"来找她吗——？"魏海清的手指着屋子。

"对！"

"你打算做什么呢，老哥？"

在灰色的微光里，可以看见张振山的眼睛愤怒的闪光。

"那么，"魏海清依然骄傲地说，但声音有些颤抖了，"请去找罢！"

一瞬间，张振山无理性地跃上去，给魏海清的下颚以猛烈可怕的一击。木棍从手里飞落，它的主人无声地张开手，翻跌到枯树桩背后去了。在这使力的一击里，张振山全身震动，被盲目的毁坏欲望所鼓跃，向屋门冲去。

但是，他的猛扑过去的坚硬的大手落在更坚硬的黄铜锁上。

"魏海清。"停了好久，他凶恶地叫，但显然的，这声音里含有强烈而苦楚的失望。

回答的是从山坡上的杂木林里呼啸而来的寒凉的夜风。于是，他在烈风里倾斜着大身躯，向魏海清从那里倒下的枯树桩跨去。

"喂，魏海清！"他俯下腰，伸出手。

魏海清痛楚地呻吟着，用手在空中抓扑，抱住了他的粗腿。奇异的是，他除了向这被自己伤害的人更凑近身体以外，没有想到别的。

"说，魏海清，发生了什么事？"

魏海清咒骂着，用一种吮吸的声音在风里回答：

"她——完——了！"

"什么？"张振山失望地叫，同时弯下腰，把大手扶住了对方的战悚的肩膀。

在张振山的帮助下站起来的魏海清，突然在风里掀动着手，发出了儿童的、冲动的哭泣。

"她完了。……她怕再不会回到这里。十几年，一个女人……好难挨啊！"

张振山在这哭诉里战栗。他的大脸灼热，胸脯麻痹而寒冷。

他开始抽烟，焦急地在土坪上徘徊。

"这有用！……"他责备地嚷，接着又以抚慰似的大声加上说，"你讲吧，怎么一回事？"

于是，魏海清制止了哭泣，坐到树桩上去，把跟邻人说过的话夹着咒骂重说了一遍。说完了之后，他感到疲劳和寒冷，逐渐胡涂，什么情感也没有遗留。当张振山抱着膝盖坐在门前石块上恶意地思索着的时候，他站起来，寻到了白木棍，预备走开。

"慢点。他们带她到哪里去了，你知道吗？"

"不知。"魏海清大声回答。"你去寻她吧。"他说，用白木棍指着山峡底下，"我作难些什么呢，我决不……告诉你，那些全是贱狗狼群，不讲人性！"

"他们有些什么把戏？"

"他们比你还贱毒！"

张振山跳了起来。

"什么，我贱毒？ 这是真的吗？"他嘶哑地叫，笨重地转动他的躯体，"看，我不是完全失败了！ 我失败，并不是我……"他的腮部可怕地战栗："好，她会怎样？ ——会从不会？"

"她？ 不会的！"

"为什么？"

"她会死的！"

一阵风猛扑过来，将魏海清的痛苦而甜蜜的叫喊挟带到漆黑的山峡里去。 这叫喊像一个胶质的实体似的碰在山壁上，发出强韧的、在中间被风击断的回声来。

张振山耸一下肩膀，走近来，递给魏海清一根香烟，但魏海清严正地拒绝了。

"我去了，老哥。 ……我想告诉你，你有很多地方是坏透了的。"

"你说得对！"张振山无表情地回答。 当魏海清的身影艰难地摇晃着，隐没在土坡后面的黑暗里之后，他衔着烟，把手抱在胸前，在土坪上急剧地踱着。

"现在完了。 狗肏的，你自以为行，你满意吧。 你可以奔开去，没有责任，一个人炒辣椒吃。 ……你现在说你同情

这个女人，又说她靠不住，你究竟说些什么？ 终归，她牺牲
了！ 在你的笨手里……你无知狠毒，你胡为……为什么这样
说？"他大步跨走，晃动拳头，"啊，活了二十五年的张振
山，你的苦痛就在这里！ ……"他站住，向风眼厂那边的光
晕凝视，发响地咬牙，"好，走吧，向前向前，……她葬身在
那边了，为了自由的生活……你也要在机器底下灭亡吗？ 向
前去吧，领受你应得的报酬！ ……再来一次，为什么不！"

他拉了一下鸭舌帽，转身向低矮的小屋子。 一瞬间，像
面对着仇敌似的，他的喉咙鸣响，白色的大牙齿在卷缩的唇
皮间突了出来。 ……

于是，向前面阴险地望了一望，他奋身跃近小屋，搬开
屋门，进到里面去。

一刻钟以后，这阴湿、矮塌、破陋的小屋子在山风的煽
炽里狂烈地燃烧起来了。 火焰从树丛里涌出来，昂奋地舞踊
着，火灾照亮了两个峡谷，以完全不同的感奋给予了两个峡
谷里的居民。

十一

这是一个位置在房屋旧朽而麇集，人烟相当稠密的五里
镇镇尾的张飞庙的积满灰尘的后殿。 插在神座背后的墙壁缝
里的一支红蜡烛，从仿佛溃烂的肌肉似的烛头里，流下胶黏
的泪，在布满蜘蛛网和垂挂着乌黑的烟尘絮的顶板下，摇闪

着昏晕的黄圈。 正对着神座背的厚笨而腐朽的后门被大木柱牢牢地顶住了，但通到那黄毛的巢穴，一间阴森的房间的门却洞开着，里面浮动着诡秘的人语，不时从炉灶的被拉开的膛口里闪出熊熊的，腥红色的火光。 郭素娥躺倒在神座侧面临时搭的板床上，一只手蒙着眼睛，一只手则恐惧似的在胸前扭曲着。 她的头发在木板的边沿披散，像是一大绺陈旧的干燥的黑纱。 她的软软下垂的腿不时在轻微的抽搐里颤动；只有这颤动，表示生命尚未离开她。

从侧房里，送出来刘寿春的堂姐，一个阴鸷、猥小的老寡妇的像砂粒似的干燥的声音。

"不能再捶打她……我说些……好哪，"声音在这里变得决断，"你去再问一道，不要打！"

刘寿春的干瘦的身影在门框中出现了。 他拖着烂布鞋，发出粗涩的声音，兴奋地用猛力佝偻着腰，慢慢向前移动，一面神秘似的向烛光窥察着。 他的阴毒的、蕴蓄着陈旧的力量和新异的决心的面容使人家感觉到他现在已不再是一个无能的、好哭的鸦片鬼，而是一个在郭素娥的命运安排下的，一直都被掩蔽着，到现在才显露出本相来的最毒、最贪婪的幽灵。 当这幽灵无思想地考虑着，走近女人，在她的脸上使劲地摇着他的手的时候，小眼睛里就爆射着一种在暑热里快要倒毙的人的昏狂而猩热的光芒。

"怎样，装不装？"他从齿缝里说。

在被小老人移开的手底下，郭素娥的憔悴可怕的脸在烛光下显露。 浮肿的眼睑无知觉地半阖着。

"瞧打二更以后，最后……说！"

"进来，老刘！"房里黄毛大声喊。

刘寿春狞笑了一声，走进房去了。 这狞笑仿佛得意他现在竟然也发现了自己的权威和用途，发现了自己除了是一个渺小的鸦片鬼以外，还是一个有价值的，被自己的一群所重视的人，仿佛向这以前践踏他的人报复似的。

"你怪叫些啥！"堂姐严厉地责备，闪着残忍的呆钝的小眼睛，把干瘪的胸膛压在桌沿上，"郎个，她不肯？ ……"

"哎哟哟，依我的见解，明天清早送她去，干干净净！"保长陆福生烦闷地说，摇着收拾得很干净的头，一面把左手掌抬到鼻孔下，狠狠地嗅了一下，"问呀，打呀不中用的；这个女人吃软不吃硬。"他又嗅了一下仿佛有女人的肉体的暖气的手掌，缩起短上唇，把金牙齿露出来，并且习惯地用舌尖舐一舐。 显然的，现在即使他自己也明了他不是在办公事了。 在办公事的时候，他是绝不用这声音说话，这样的姿势表情的。 他现在的确很坦率，敢于承认他所以在这里，是因为这里需要公家的力量，从而他可以得到够给他的美貌的女人扯一件绸衣料的酬劳。

虽然房间异常小，但四个人挤在里面，各人打着各人自己算盘的时候，还是显得空虚。 默默地相对了一下之后，黄毛用发怒的大步一步跨到灶边，打起一盆热水，烫得嘘着气地洗起自己的手来。 在这瞬间，老太婆的薄嘴皮被凶恶的决心所扭曲，鹰一样地耸起肩头，望定刘寿春说：

"我去！"

于是，她迅速地，像飞扑一般地闪晃着她的重重叠叠、长短不一的衣服，走出门去，坐到郭素娥旁边。有两分钟工夫，她眯起眼睛，在耸起的肩上侧着头，仔细地端详着毫无防御的郭素娥；最后，她用尖锐的小声开始说话了。

"你醒一醒，女人，听一听，是我这个老人对你说话。"她摇着郭素娥的肩膀，"往常老人的话是不能不听的，现在可好，把老人都丢开了，我说一说，看你听不听。我是再明白不过的人了，在我们刘家里头。你自己作歹，又有啥方法呢？"她微微仰起头，咳嗽着："你自己触犯了菩萨，人不能做主。"

郭素娥的胸脯震颤着，像有一个疼痛的叹息在里面回旋；当她突然睁开眼睛来的时候，她就以一种绝望的愤怒的目光射向像玩偶一般在指划着空气的老女人。

"说，朗个主意？"收回干枯的手，老女人说。

郭素娥又闭上眼睛。她的嘴唇微弱地颤动，发出无声的诅咒。

"你算狠，你败坏门风的女人！"老妇人挺起胸膛，残酷地扬高了声音，"刘家自然不要你，哼，有吃有活你不去！……"

突然，一个恶魔出现了。这恶魔甩着头发，喷着口沫，张牙舞爪地扑在老妇人的颈子上，扼住她的脆弱的喉管。

"哎哟！ ……你们！"她窒息地喊，"这贱人造反了。整她整……她！"当三个男人奔出来把她解救回来之后，她哭泣似的蒙住眼睛，跳着小脚怪叫："不让她活，整死整死她！"

跃起来去夺蜡烛的郭素娥，被刘寿春一拳头击倒在门板上。

"现在？ ……"刘寿春急迫地问。

"不行的，她一定要闯大祸，先整她，隔几天再看风！ ……"老妇人呻吟，奔到房里去，一分钟不到，擎着预备好了的烧红的火铲奔了出来。 火铲碰在门框上，迸出鲜红的火星。

这是他们的家族用来惩罚犯罪的女人的刑法中间的一种。 它是在郭素娥一被推倒在床板上的时候就预备好了的；不过，在这一瞬间以前，他们除了把它当作恐吓的方法以外，并没有想到它有，而且也不希望它有实际的用途。 但现在，那里是被捆起手脚的犯罪的女人，这里是不知多少年以来就擎在严酷的家长手里的火铲，在火铲的暗红的灼热的光焰里，族人们和不是族人的外人们都迷失了理性，甚至迷失了利欲打算的自身，变得疯狂了！

黄毛剥去郭素娥的衣服，用它包裹着她的头，塞住她的嘴。

在她的赤裸的胸膛上，她的巨大的、丰满的乳房恐怖地颤抖着。

刘寿春平举着火铲，伏到木板上去，磨着牙齿；他的长长的从乱须间垂下来的唾液，落在女人身上。 在火铲的灼烧的热力里，女人的陷凹的黝黑的腹部收缩，一直到胸口浸着汗液，显出黑色的纹路和棱角。

正当火铲晃动，将要落到郭素娥的胸膛上去的时候，老妇人磕响牙齿，残酷地叫了出来：

"不行，这里不行；大腿！"

黄毛带着难看的庄重与喜悦混合的神情，望了望矮得只到他胸部的老妇人，然后把呆钝的贪婪的眼光落到女人的乳房上去。 刘寿春转侧了一下身躯，手臂在过度的紧张里神经衰弱地颤抖着，猛烈地从腹部下面拉下女人的裤子来。 火铲在他手里起初慢慢降落，有些闪动，最后就迅速地贴到女人的大腿肌肉上去，使丰满的肌肉嘶嘶发响，变黑，冒出一股混着血的焦气。 女人无声地痉挛着，每一块肌肉浸着汗，像石子一般可怕地突起。

保长陆福生嫌恶地吐着唾液，极端严厉地皱起短眉毛。

"呀，不要烧焦那地方！"歪着嘴的黄毛，在身侧勾曲起手指，以一种苦闷的声音说。

……刘寿春从短髭里喷着气，摔下火铲，奔进房去了，当陆福生摸着制服的钮扣冷冷地走进房来的时候，他正昏迷地扶着桌子耸起肩膀，向积着烟尘的屋顶张开小黑洞一般的口，接连吞下三颗烟泡。

"这事情……"沉默了好久之后保长说，声音缓慢而阴冷，含着不可思议的权威，"我看你们弄糟了，你们能养她一辈子吗？"

刘寿春噘出肮脏的尖须，忘记把吞烟的手收回来，用呆钝的眼睛望着他。但不一会儿，他的眼睛忽然直直地转动，他把手臂伸直，带着可怜的假装的兴奋叫：

"她伤不了。……死也算，我姓刘的在五里场不在乎……"

当他把手收缩到扁平而多毛，给人以一种溃烂的印象的脸上来的时候，他就打了一下喷嚏似的，冲动地哭泣起来了："我对不起祖宗，……我对不起姓刘的祖……你们看，你们看我……"

老妇人用手抵住桌角，阴鸷地向他凝视着。

"你这狗不要脸的！"她突然跃起，凌乱地奋舞着手臂，"看你不要脸的怎么办！这样一大笔……"

"是你要我用火的呀……"半蹲下身体，跺着脚，刘寿春号啕大哭了。

"我是尽我老人的心。我走了。"

保长假装愤怒地望了刘寿春，转过身子，在殿堂口追上了老女人。

"不要紧，隔两天就成，她会答应的。"他在黑暗里大声向她说。

"陆保长，这门槛我看不见，你拉我。"

"讨厌！"保长用同样的大声回答，把手伸给她。

"保长，你借五块钱给我；我想扯……"走出张飞庙，老妇人用甜甜的小声要求保长，但保长没有回答，喷了一下鼻息，便向场口烦躁地走去了。

"这些雷劈火烧的！"她骂，酸毒地狞笑了一声。

人一走光，刘寿春在嘶哑地喊了两声之后，就不想再哭了。

他望着打开的灶门里的熊熊的火焰，呻吟着，躺到黄毛的床上去。

"我们这家人……从此完了……"

而在房外，在神座背后，蜡烛已经熄灭了。郭素娥昏晕着，全身冰冷，在烧伤的地方淌着血水。但黄毛的大手却从血水中间，在她的赤裸的身体上摸索着。他带着一种胆怯的昏狂，注视着她的肌肉的白色，一面向自己说着暧昧的话，但当他突然想起什么一件东西来的时候，他就伏下身子悄悄爬到她的身体上去。

没有多久，刘寿春的瘦身影在门缝间出现，停留了一下，又移开去。但黄毛没有注意到。

十二

在农历一月初旬，强劲而潮湿的山风昼夜地吹扑着，使天穹低沉，变得铅块一般阴郁。风止息了的时候，云的蠢笨的大帐幕覆盖了天空，峡谷里又灰茫茫地飘起冷雨来。在雨里嗅不到春天的尘埃的气息；土堰上的柳树摆着细弱的光枝，没有抽芽的意思；鸟雀也飞不高，只是在灰绿色的竹丛里凄苦地抖擞着稀湿的羽毛。它们召唤春天，但春天还得隔一些时候才会来！

人们在整个灰暗的、狡猾的山地的冬天里给弄得异常疲劳，生活变得更重，像装载了五吨煤的小车子；脸丑陋下去，青下去，憔悴下去了。即使那些顽健的、怠慢的机器工人，也沉闷地抖着肩膀，忧郁地咒诅着。酒和烟消耗得很多，因此，像郭素娥所摆的那种摊子现在繁衍起来了。矿工们几乎睡完了一个冬天；在做工的时候他们打盹睡，在不做工的时候他们就无论在什么地方都贪婪地睡眠。但他们的睡眠是惊悸的，发着谵语，就仿佛他们再得不着睡眠了，一只大手正立刻要把他们攫到另一个可怕的世界里去似的。到处生着火，在卸煤台上，筛煤机旁，矿洞口，煤火的小堆积冒着青烟，人们在冷风里偷偷地聚在一起，擦着鼻涕，拼命地抽烟。而在夜里，无枝可栖的临时工，那些异乡的或本地的流浪汉，就把他们的从破裤子里露出来的屁股向着猩红的火苗，在炭炉边沿上睡觉。当女人的惨厉的哭泣突破劳动的颤音，突破死板板的天空从山坡上飞扬开来的时候，人们就彼此交换一下麻木的眼光，表示说："你知道吧，她的丈夫昨天在炉子里烧死了；一不小心，连蓑衣一起滚下去。但他是一个很老成、很能做的人啊！"

很老成、很能做的人的薄木棺材被抬到工人坟区，其实是乱葬坑去。

一到十二月底，人们就忙碌一些了，就仿佛在生活的怠惰的外表下，原来就存在着某种秘密的力量似的。穷人和单身汉用他们的眼睛忙碌着，从这个厂房卖力地踱到那个厂房，望望天空，嗅嗅鼻子又望望地面，似乎在等待奇迹发生。除夕的夜里，很多单身汉在酒醉之夜拥在一起不害羞地哭泣。哭泣也是用力的。这时候，厂区上笼罩着安详的烟云，鞭炮在每个山坡上轰响；这时候，异乡的蜡烛闪晃在祖先的旧画像面前，老祖母虔诚地跪拜，孙儿则扬起拳头向天空诅咒。最后，哭泣完毕的流浪汉们开始在破陋的屋子里豪兴地跳跃起来。他们唱着，变得悲伤——唱着生活的无穷的痛苦和希望的美丽，农村的荒凉，战争的创伤和姑娘的忧愁……

黄昏，天就开始落雪。初一黎明，雪止了，迎接戏班子的特派车，倾斜地、迅速地、喜悦地从覆雪的轨道上滚过去，喷出鲜丽的浓烟。天空是晴朗的，阳光闪耀着；人是喧嚣的，在融雪的辉煌的寒冷里，他们呼叫、歌唱，把雪踏成泥浆。彩娘船、化装高跷队、机电工人的武术班，它们拖着撒野的群众，红红绿绿地在雪地里流去，一面招展大衣袖，做媚眼尖声地叫：

"看哪，幺妹来了！"

"幺妹在家里想哪，明年回去！"杨福成吼。

"幺妹替日本人养儿子呀！"

子，从渍湿的冒烟的眼睛里望着黑暗的窗洞外。

"我不在乎！"小冲敏捷地翻身，用颈项抵住桌角，一面抢着拳头，"他们骂你哩。 我要逞强！"

魏海清看着他的头顶，严肃地命令：

"过来！"

小冲走近两步，叉开腿停住。

"你想做什么？"

"做工。"

"答得好。"魏海清站直，在手里敲着烟杆。"答得好，儿子。"父亲的嘴唇颤栗，眼睛变细，里面藏着病态的狂喜，"我们也是无家无地的人，你懂不？ 你懂的！ 你要争气，你要替人家敲石头，替人家挖地，替人家……折断筋骨！"在他的睁大的眼睛里浮上了热烈的、愤怒的泪，"你答得好。""你走你的路，我过我的桥！"他的声音突然猛力地扬高，转成激越，"老子吃亏一生，有你这个儿子算……好，你说你记着我的话！"

儿子被他的暴烈的状态所惊吓，长久地抱手站着，带着单纯的敬畏望向他。 最后，他使劲地挥了一下手臂，跃起来，向他兴奋地叫："爹，有便宜油你买不买？"（谁也不知道他怎么会叫出这句话来的），但随后他就用同样的声音加上叫，"你说得对！ ……你说得不差池，你说得……"

过年以后，杨福成曾来访问过他的木屋子一次，说及张振山，主要的是探问郭素娥的结果。

"他托我告诉你，"杨福成庄重地说，面孔拉长，坐到床沿上去，把鸭舌帽（他也学张振山，戴起愈油污便愈好的鸭舌帽来了）在手里微微挥了一下，"他讲，'告诉魏海清，我问候他；那个女人，他帮点忙吧，我不管了。'他在失火以后就走了，背一包东西，我一直送他到江边，他不叫我送，我说不送不行，就是这样。"他停住，把鸭舌帽摔在桌子上，凝想着。"他说他并不曾对不住人，打了你老哥一拳，也是一时气急。打职员倒顶乐意。"他放低声音说，直视魏海清，眼睛变亮，"不过他认为他有时候也不挺对，像流氓……这可不容易呀！"杨福成气喘，在鼻子前面摆着手，"他，承认一个人向一个人里面钻，做不出事来，反而碍大家。……以后大家穷朋友要互相帮忙。"他结束他的话，像卸脱一个过重的负荷似的，站起来，抖着肩胛。

"他怎么样了呢？"魏海清搓着手，困惑地问。

"他？无消息。走了。"杨福成失望地说，又坐下，"他这个家伙是有些火。"隔了一下他说，用粗涩的、兴奋的喉音，在"家伙"两个字那里拉长，并且点缀着一个贴切的微笑。这两个字把他和张振山拉得很近，因此使他的年轻的，因为过年刚刚修饰过的脸上闪耀着神经质的鲜明的快乐。"但是他是一个很能行的人，"他挺直腰，严峻起来了，"有知识，敢作敢为，不负朋友！"

"请烟。"魏海清递过烟杆来。不知为什么，他的脸上牵动着一个虚伪的微笑。

"女人怎样了？"

魏海清在半途缩回烟杆，皱起脸，变得难看。

"她遭惨死，死了！"他大声说，竖起耳朵听自己的声音。

"瘟天气，看你下到哪一天！"在临走的时候，杨福成望着门外浸在雨里的峡谷说；并不是真的诅咒天，只是为了说一说。

"这个年过得好呀！肉是人家吃的，戏是人家看的。老哥，我跌伤了腿。"他急遽地笑，牵起裤管来让魏海清看他的腿。以后，他就蹒跚在泥泞里，用拳头威胁着天空，向坡下走去了。在坡底下，不知遇到了什么事，使他发出了假装的惊呼和一串冲动的大笑。

魏海清知道郭素娥是怎么死的。在张飞庙那个可怕的晚上的第三天，她苏醒，向殿门外摸索走去。她走，因为她觉得张振山在等她；因为她觉得自己还可以活，最后，因为她饥饿。但她刚摸到院子里，便惨叫了一声，腹部以下淌着脓水倒下去了。魏海清也知道刘寿春是怎么活着的。他失去了一笔横财，招惹了祸患，被所有的人摒弃，弄得连栖身的洞穴也没有。当他被黄毛从小房子里驱走，到别的什么地方游荡了几天又在五里场上出现的时候，他就提着篾篮，哭哭啼啼，开始沿街讨饭。

魏海清所不知道，也不想知道的，是张振山。他对他的态度是暧昧的。他嫉妒他，痛恨他，惧怕他，也乐意他，钦佩他。 前者，因为他截断他的路，无情地夺去他的希望；后者，因为他明白自己只会一味地守着自己的褊狭和软弱，永不能在郭素娥周围扮一个严重的角色。 但不管是嫉妒，痛恨，或是钦佩，都带着无比强烈的热力。 不像他过去所经历的那么迟缓；相反的，却像在夜风里被点燃的不幸的小屋子的鲜明的火焰那样蓬勃。

杨福成为了探知所带来的郭素娥的话，他是竭力使自己不相信的。 机器工人，外省人的话，他认为是没有可信的理由的。 但这些话却给他以极深刻极难忘的印象，竟至于到最后他自己都不能辨别他究竟相信了没有。 但无论如何——虽然女人已经死去，再不能帮什么忙，他觉得他应该回五里场去转一趟了。

正月十五的早晨，天气放晴。 新剃了头，穿着干净蓝布衫和新草帽的魏海清，黯然地越过山巅上的陈旧的瓦砾场，回到五里场去。 他奔走得很急剧，很匆忙；越过田坝中间的水沟的时候，他扭动腰，愤怒似的高扬起手臂。

镇上正当场。 在镇口的土坡上，一条破旧的龙在锣鼓的疲乏的喧闹里懒惰地胡乱地翻舞着，人们密密地围住它成为一个大圈。

魏海清心情紧张地站住，向人群和人群两侧的他所熟悉的水田凝视，把手掌展开在短眉毛上。 随后，他怀着秘密的不安，跃过被阳光暖暖地照着的石桥，挤到人群里去。

两分钟后，他的长长的躯体暴露在人群中间的空场上。

曲着长腿，在额上喜悦地闪耀着滋润的阳光，他向龙头走去，抓住了偶然被他发现的他的朋友的肩头。

"你不行。"他的眼睛微笑着说。

"那么看你行。"这朋友兴奋地嘲弄地回答，把木杆高高地在手里举了起来，一面映着单薄的、汗湿的眼皮。但是当他从濡湿的眼皮底下看见了对方是**魏海清**的时候，他就跳着脚，痛切地欢呼："啊哈，你鬼儿子呀，你过另外一种日子了！你怎么，……喂，你们看，"这兴奋的朋友用儿童的尖音向街坊叫：

"这就是**魏海清**。他是崭新的呀！看他的，他顶会耍花门的！"

"呜呜——呀！"人丛里有人尖声无意义地叫。

魏海清佝偻着腰，长脸上充血，浮着一个歉疚的、自觉有罪的微笑，但却毫无犹豫地把长衫解了开来，向舞龙的伙伴和人群确信地鞠了一个躬之后，他把龙头的把柄接过来，高擎在手里。

"来，敲起来！"朋友拍手，带着无邪的欢乐嘶声叫。

魏海清向太阳映了一下眼睛，仿佛决意牺牲似的绷紧脸，咬着嘴唇，转动了强有力的、习于做苦工的手臂。于是，在锣鼓的喧嚣里，破旧得成为黑色，而且失去了一只蛋壳做成的眼睛的穷苦的龙昂起来，忍耐地、兴奋地翻舞起来了。它逐渐迅速地缠绕着舞着它的汗流浃背的汉子们，冲上炫耀着阳光的天空又滚在地上，扇春天的醉人的尘埃，从远方望去，仿佛在骚乱的斑斓的群众上奔腾着一团紫黑色的、风暴的、狂响的浓云。

"着力呀，魏海清！"

"晚上等你斗空柳。"

"嗬嗬，这就是我们的魏海清！"

使平静的明亮的阳光颤抖，喝采的春雷轰滚过人群。

十三

魏海清红着脸，坦率地幸福地微笑着，用长衫的襟幅揩擦额上的汗珠，从人群里，从众人的闪烁的目光里挤了出来。 从他凄苦地带着孤儿亡命出去的乡镇，他意外地得到分内的迎逆了。 他又被淹没在他的同胞、他的朋友们的热烈的欢呼里了。 没有什么比这更使他幸福的。 他的三十几岁的胸膛为了欢喜而像少年人一样慌张地颤抖着。

带着深深的热切的注意，他挤过沸腾喧闹的乡民们，在街上走着，向四面看望。 似乎他所以要回到五里场来，只是为了受迎逆，然后再这样善意地向一切他所熟知的、所热爱的看望似的。 那些低垂的蒙着烟尘的屋檐，那些闪耀着颜色的货摊，那些残破的石柱、石碑，烧焦的店家的门板，最后，那些叫嚷的，脸上愠怒或带着并无目的昂奋的和他同一类的人们，对他是多么亲切呀！ 他们让路给他，像他让路给他们一样，彼此都满足，毫不妨碍；彼此都有着过多的精力，对极细微的事物都给予注意，彼此都互相从属，争吵仿佛是假装的，或者唯其争吵着细微的事物，所以就像家庭里一样。魏海清几乎想叫喊了，他想叫给山那边的那些异省工人听，现在，在五里场，所有的一切颜色，一切耀动、光彩，都是属于他贫穷的魏海清的。这一切不要一毛钱去买，什么人都买不到。

他在一个脏臭的毛厕巷口站住，让开挤到他胸膛上来的一个卖灯芯草的老妇人；所有的地方都可以去，因此他不晓得到底怎样处置自己才合适了。

最后，他带着异样和善的安静（面孔却是严肃的），走向壁角的皮匠摊。

"红瘤，近来生意好？"他低沉地问，狡猾地但善意地眯起眼睛，望着佝偻在膝盖上的老皮匠的眉峰中间的一个深红色的大肉瘤。

皮匠迟缓地抬头望他，像望着一个刚才还见面的人一样，用锁柄敲敲手里的鞋底算作回答，同时快意地、报复地歪了歪干枯的嘴唇。

魏海清仔细地撸起长衫蹲下去，摸着皮匠手里的鞋底，嘲弄地问他做好多钱。

"我的小鞋（孩）当壮丁去了。"皮匠对起眼珠，望着自己的肉瘤说，并不直接回答魏海清。"瘟气得很。这场上多背霉呀！"他咳嗽，把手背抖索地移到唇边。"你怎么混这多久还穿草鞋？"他用钻子指着魏海清的脚，嘲笑地诙谐地说，"你这草鞋倒不错；不比布鞋贵我不信。"他猛烈地咳嗽，喷出绿鼻涕。

"真的贵，你不姓红。"魏海清讥笑，用粗手指按着鼻子。

"你做多少钱？"他认真起来。

"一角半，老弟。"皮匠懒惰地回答，随后便艰难地仰起脸，让满脸的黑皱纹迎着光变得明亮，从肉瘤的两侧庄严地望着毛厕巷上面的狭窄的天空。"唉唉，太阳不在这边，人不能知道时辰——几点钟了呀！"他动着嘴，慢慢地说。

"有十点。"

"这巷子真臭。"

魏海清突然也觉得真臭。他转头向侧面，发现一个穿破制服的小学教师在不远的地方丑陋地小便。

"我要骂绝五里场！"皮匠说，"杀人谋财，包庇壮丁。不给老子地方，说老子不缴捐，赶到臭巷里头来！"

"要缴多少捐？"

"还是你们轻一些啊！"皮匠摇头，同时迅速地回到他的工作上去，在鞋底上捶，恨恨地磨着钻尖，仿佛突然觉得时间已经不早，他还一味偷懒，连一件活都没有完成似的。但不久，他又不赞成地眯着狡猾的眼睛，伸直瘦手臂，放下了工作。"那个女人，听说你知道得详细，有些关系。"他诡秘地说，叹息，浮上一个枯燥无味的笑。"她死得惨，大十五连烧香上坟的都没有。"

凝了一下神之后，他又俯下脸上的肉瘤，工作起来，不再理魏海清。

魏海清痛恨地望着老皮匠，嘴里变得苦涩。当他悄然地离开对方，往臭巷的腹部走去的时候，他的脸拉长，成为难看的、不幸的、呈显着黑绿色的斑点。

啊，五里场的确是可憎恶的、无望的，他不该回来！

似乎为了证实他的悔恨似的，当他走到菜场前端的土坡上的时候，他看见了一件令他痛苦得颤抖的事。

保长陆福生和另外一个穿着短得只到胸口的黄制服的，像壮丁一样的人，凶横地、猥琐地从菜摊的排列中间走过，向每一个菜箩伸手，像取自己的东西似的，攫取里面的蔬菜。他们每一个人手里提着一个大篾篮，在篮子里，绿色的菜叶和从去年冬天贮藏下来的红萝卜闪耀着潮湿的光泽，像在淌汗。

"你不能拿，你不要拿，保长，我捐你别的，捐你六把莴苣，"一个矮小、丑陋的农妇叫，招唤着陆福生手里的五个鸡蛋，"鸡蛋，它们一冬天才四十。你打捐打多了，保长，保长，它们八块钱十个，它们……"她急剧地挥手，跨过蛋箩，绝望地跺脚，"保长，菩萨看见好保长，今天大十五，我捐莴苣添一把。……五个……我男人要打死我呀，保长……捐……呜呜呜……"她哭，用手盖住已经哭枯了的脸。

整个菜场寂静。保长和他的伙计走近一个在阴沉地等待着的强壮的老头子。

"你这里好多豆?"保长用自己也料不到的焦急的声音问,仿佛他正处在极危险的境地中。

老人在石块上盘起腿,阴鸷地、安闲地望了他一眼。

"七斤一两三钱差一点点吧。"他嘶哑地说,望着篮里的黄豆;他应该报几升几合的,但他装作蠢笨,故意报一个下江人(他以为)的量法。

"打半合。"保长愠怒地命令,挥手。 他的伙计弯下腰来。

"保长,十斤才打半斤,你算多了!"老人向左右睒眼,仍然说斤。

"胡说,你有十斤。 量一量。"保长吩咐伙计。

"没带合子。"

"那就称一称。"

"也没秤呀!"伙计说,四面张望。

"不带秤,保长,"老人说,半阖起眼皮,在健康的褶皱的脸上露出强有力的、明亮的讥刺,"你可用手抓不准。 你们手大,一抓就八两。 ……"

"借一个合子,借一个秤来!"陆福生咆吼,单薄的脸涨红了。

所有的农妇的合子和秤都藏到菜箩底下去了。

陆福生奔向捐鸡蛋的女人,因为他曾经见到她的放在莴苣堆上的秤。 但她低着头,凄苦地、仔细地、丑陋地数鸡蛋,没有看见他。

"嗤……太婆，收起秤！"邻摊的姑娘捣她的背脊，压抑地叫。

但保长的手已经伸向莴苣堆了。 女人恐怖地从鸡蛋上抬起头来，对陆福生的白手发出了尖利的叫喊。 于是，开始争夺秤。

"我的秤，我的……"

保长说不清楚话，脸战栗。 这时候，魏海清乖戾地、愤恨地、违反本意地走进菜场，掏出钞票，向邻摊的姑娘大声喊：

"买两个鸡蛋！"

活泼的姑娘代接了钱。 魏海清捡了蛋，拦到保长和已经夺回了秤的女人中间去。

"陆保长，我请你吃蛋。"他阴惨地笑，说。 但保长愤怒地喘气，不回答。

"回镇公所找一杆秤来！"最后，他跃了一步，向他的伙计叫。

但在这争秤，叫骂，回去拿秤的一段时间里，那卖黄豆的老人，却不知道以哪一种奇异的方法，把黄豆藏起了一半而在篮子里的另一半里面掺进了足够的砂土。 眼睛眯得更狡猾、更明亮，他伸直腿抽烟，愉快地等待着愚蠢可怜的保长。 ……

魏海清，像有什么紧要的事似的，伸直腰，大步跨出菜场。 他在场外草坡顶上的一块石碑上坐下，把两个鸡蛋放在被踏平的黄绿色的草上，开始抽烟，收缩面颊，向鲜明地闪耀着颜色、浮飘着烟雾的菜场痛恨地凝视。 在他不远的后面，破烂的龙拥簇在人流上，响着疲乏的锣鼓，隐到一个富裕的庄院的竹篱里去。

"我跑来做什么？ 吓，看看老人的坟！ 死了早就算了，死去……"他在心里大叫，使他的起皱的扁额冒汗，想起了郭素娥。"呀呀，造孽呀！ 这叫作什么，这些混蛋！"

他站起，望着在紧紧编织起来的草上互相可爱地挨着的两个圆润的、干净的鸡蛋。

"她擦它多洁净呀！ 她哭，那样丑！ 一冬天，有两只咯咯母鸡。"他歪着嘴，眼睛皱起，变得深沉而湿润。"狗肏的，老子走！"他突然叫，咬牙切齿。

但狗的恶叫使他止住。 一个瘦小、衰老、狼狈的形体从菜场中间被狗逐了出来。 他跌蹟地在石板路上旋舞，摇闪着他身上的布片，在地上急促地敲着一根下端破裂的竹竿，等到这也无效的时候，他就用膝盖爬跑着逃上草坡，在地上抓了一大把草根和泥砂向狗们摔去。 他在草坡上昂奋地、仇恨地旋舞，最后仰首向天，唱着破败的歌，号哭了起来。

"啊呜……狗肏陆福生，我的篮子，我的肺呀……"他狂叫。 显然的，丢失在菜场里的他的破篮，尤其是刚偷到的猪肺使他痛苦。

魏海清拾起鸡蛋，严峻得可怕地从他的侧面走过。 但乞丐忽然在眼睛里露出迟钝的喜悦，拦住了他。

"走开！"他气急地叫，望着对方的垂挂在肮脏的胸前的一块鲜艳的、奇特的三角形红布。

乞丐则贪婪地望着他手里的鸡蛋。

"鸡蛋……鸡蛋……老哥！"他仰头向他。

"滚开！"魏海清大叫，忘记了自己也能够走动。

"哎呀呀，我今日是落在冤府里了……"乞丐微弱地、模糊地说，抽搐着肩头，装得更可怜，"我刘寿春活不得，做了坏事，做了坏事。……"

魏海清不看他，退了一步，预备绕开。

"不看僧面看佛面，小哥，"刘寿春一只手按着胸前的红布，一只手按着赤裸的肚皮，弯下腰，吃力地转动着狡猾的、凄苦的眼球，"看我可怜的女人面上，给……鸡蛋！"

魏海清站住，带着安静的愤怒望向他，随后跨向前，脸色发白，向他的胸上阴鸷地击了一拳。但同时，刘寿春向前冲跌，挥落他的鸡蛋。

当他痛恶地、失望地走到草坡下去的时候，他听见刘寿春欢乐地骂：

"鸡蛋，鸡蛋……你们这些狗肏的鸡蛋呀！"

他告诉自己今天不吉利，应该迅速走开，不要掉头，但还是掉了头。刘寿春在太阳下撅起屁股，用手在地上抓爬，舐吃鸡蛋。

他又进到场里，而且又走到毛厕巷口来了。老皮匠还坐在那里，在膝盖上异常严肃，异常勤奋地忙碌。发觉他走近，他微微抬头，发出一种无意义的鼻音招呼他。

"我就收摊了。"以后，他庄重地说，用老年人的声音。"老弟，我们好些年不在一起了。"他说，一面在手里熟稔地工作。

"今天大年，我们等下喝一杯，稍午后我得去还债，看女儿。"他说，缓缓地揩擦发红的鼻子，停止了工作。

"大妹过得还好？有包谷……"魏海清向巷口张望，声音晦涩，脸涨红。

"她男人脾气倒好！"老人简要地说，咂嘴，带着看透一切人的表情嘲弄地摇头。"喂，你看什么呀！"他望着不安的**魏海清**，从胸膛里喊出强壮的，讥讽的声音，似乎突然间把对五里场，对整个世界的讥讽和对魏海清的讥讽混淆在一起了。

魏海清在追瞧一个闪过布摊的漂亮的女人。脸色狼狈。

"我看到一个朋友。"他向老人懒懒地说。

"一个朋友，那是万成宏，对吗？"红瘤快活地说，用响朗的声音笑，仿佛所提到的名字要求他这样。"旁边还有一个，那是谁？"他突然把手指间挟着钻子的手举到小耳朵上，歪嘴，做了一个丑陋的歪脸，"你的鼻子掉在场口，你快捡回来！"

"红瘤，我今天请你！"魏海清走近摊子，艰难地说。

老皮匠俯下头，又锤了两下。"我早知道你要请我。"他用古怪的声调说，拧一拧自己的耳朵，仿佛这声音是从耳朵里出来的。"你现在好了，不一钱如命了。"红瘤叹息，声音又转成老年人的，"做工究竟哪些好，我说……"但他没有说下去。 把鞋面摔在篓子里，他开始用一种假声唱起歌来。

"天圆地方，五里场的皮匠啊……儿子呀……"他佝偻着老年的腰，一件一件地仔细收拾东西，但为了不妨碍唱歌，他又不时把脖子鹅一般地伸直，"儿子呀，泪汪汪……"他嘶哑地快乐地叫了出来，"他娘走进尼姑庵……"

望着他的滑稽的、多精力的姿态，魏海清想起二十年前的那个闹事、酗酒、嫖女人，被外省的军队抓到一千里外又勇敢地逃回家乡，一个人能做十个人的事，但常常不去做事的红瘤来。

"红瘤红瘤，"他大步跨上去，牵动脸颊和眼角，甜蜜地笑，像十岁的魏海清奔近二十六岁的红瘤向他报告好消息一样，"郑毛说会来看你。 他记挂老朋友。"

"哈哈哈，我们穿连裆裤的老朋友！ 老朋友，他偷媳妇不带我，让我老子光屁股。 哈哈哈！"

十四

下午一点钟以后，场上停滞着温暖，昏倦，烟尘在从互相垂头拉拢的屋宇中间直射下来的耀眼的阳光里迟钝地回旋，有小苍蝇在中间盲目地飞舞，发出可嫌的，黏腻的小声。 魏海清在红瘤之后不久从小酒铺里昏晕地撞了出来，经过疲劳的、无期待的人群，走向菜场所在的场口，在那里犹豫地站定。 他的两颊发红，松弛，下颚战栗，眼睛眯细，蒙眬地闪着贪求的野光。

他摸索着裤腰，带着朦胧的屈辱感，懊恼他花去了借来的钱里的最后的十块。 懊恼红瘤，红瘤的女婿蔡金贵比他生活得好。 他现在特别地感到自己的生活糊涂，特别地感到自己无依归，是没得家的人。 他原想去看看家坟，看看几个亲戚，但现在因为买不起香烛，因为不必要，所有的亲戚都不欢迎他的穷苦，立意不去了。 但他也不想回转，仿佛在这块土地，这些人里面，他还有某些徒然的期待，或者，还有什么细小的东西遗留着似的。 他在午后沉寂的菜场里走，绕过几株蒸发着暖香的槐树，无力地爬上草坡的土路。 遇到几个熟识的人的时候，他和他们慌乱地、昂奋地打招呼，那样子，就仿佛他企图掩藏他袖子里的什么东西似的。

他为自己的糊涂、迷醉而恼怒。

"今天十五，有龙吗？ 你妈的，我为什么要来呀！"

在草坡后面，他看见一条向张飞庙走去的，破烂但却快乐的龙。 快乐，因为今天是大节日，因为舞龙的都是心胸赤裸的少年人。 这条老龙魏海清是认识的。 十年前，他在龙头底下欢乐地打滚，烫焦皮肤，博得全街坊的喝采；十年前，他修饰它，望着它笑，敬它三杯老曲酒。 但他突然觉得，这一切隔得并不远，像昨天和今天。 舞龙的不都还是少年人么？ 龙也并没有旧。

他被吸引，向张飞庙走去。 在半途，他不断地提醒自己，郭素娥是在那里死去的。

龙在庙前的大黄桷树下歇息，等待最后的装饰，少年们快乐地吼叫着。 当魏海清怀着戒备和异样苦涩的心绪走近的时候，一个披着短衫，包着蓝头巾的青年起先显得犹豫，最后便带着坦率的欢乐跃近他。 他认得他是刘寿春的堂侄，那长工。

"魏叔，有空来！"

魏海清变得阴沉。

"今天晚上不走吧。"长工说，歉疚地望着他的眼睛。他想拉倒，但因为现在谁都快乐，又变得不相称地活泼。"我们刚才在讲你，这条龙……"他叉着腿，做手势，"今天晚上斗空柳，有五条，三百朵花。"

魏海清被抬举，望望倚在庙墙上的龙，嘴部不动，在眼睛里闪着一个迷惑的微笑。

"太少。"他摇头，故意叹息，"那年子有一千。"

"什么时份啊！"长工快乐地感慨，"一朵花五块钱，那年子就几个铜元……"

魏海清和善地向少年们点头，迅速地跨进庙门，企图在不知忧愁的人们面前表现出他有多么急迫的、繁重的事。

但他有什么事呢？ 经过几个月前郭素娥在那里惨死的院子，他有昏狂的兴奋；经过烟雾迷蒙，人影杂沓的殿堂，望着粗暴的神像，望着磕拜下去的女人的鲜艳的腰，他有迷惘和锋锐的痛恶。 他笨拙地跨过殿堂，在侧门的旧朽的门框上倚着肩膀阴沉地站住，向面前的摇摆的人影注视。 似乎他所以要到这里来，并没别的事，除了用这样的姿势看一看。

他微微张嘴，口边上留着黯淡的表情，半闭起变绿的眼睛，显得苦闷、焦灼。 那个肥胖，在苍白的脸上抹着黄胭脂，穿着红色的新颖的绸旗袍的女人从蒲垫上爬了起来，在肩上偏着洁白的颈子，向两边虚荣地看望。 他认识她是保长陆福生的女人。

通过女人的肩膀，他望了一下布满阳光的院落，嘴唇颤抖，似乎在喃喃说了些什么。

"放他妈火……"他的脸歪曲，露出凶横，"一样……一样……"

女人转身，扭着腰走出，但这时候，从魏海清背后，一个兴奋的大声叫了出来：

"陆太太，走了么，嘻嘻……"

女人回头，骄傲地诱惑地微笑，仿佛回答："他在等我！"

黄毛露出猩红的牙花，手里捧着一大堆花爆，出现在魏海清面前了。 迎着魏海清的恶意的视线，他的脸怪异地歪曲了一下，肩膀耸起。

"喂喂，老哥，这叫作有缘才相逢。 有空过来耍的？"他跨过门槛，站住，声音含着压倒的轻蔑，"这一阵子好？"

魏海清想和他敷衍一下，但立刻又改变了主意，在长而尖削的脸上难看地浮上一个艰难的冷笑。

"你好！"他威胁地说，忘记把眼睛从对方的大鼻子上收回来。

"听说你在厂上加了钱了！"

魏海清突然离开门柱，站直身躯。

"你今天来得巧，大十五。"黄毛响朗地说，让殿堂里的人都听见，露出所以还要和这不值价的人说话，只是为了逗弄他一下的样子，"你来烧香吧。……我近来……"

"你近来肥。"魏海清替他说。显然的，在他的热烈的声音里，鼓跃着不可抑止的冲动，虽然在他的脸上还僵凝着同样难看的冷笑。

黄毛向香桌走了一步，放下花爆。魏海清的容颜改变，露出可怕的决心。

"我说过我要请你一杯。你太不懂礼。你……"黄毛高叫，一面撸衣袖。

魏海清伸出战栗的手去，指着院落。

"就是，在那里……死了一个人！"

两个中年妇人屏息，从香桌的另一端向这边看望。

"今天大正月十五！"黄毛叫。

殿堂紧张。魏海清一瞬间冷却，明白了自己现在所处的可怕的绝望。但迅速地，复仇的烈火在他身体里面燃烧了起来，毁去了他的恐惧。

"你怕鬼！"他吼，声音极端昂奋与冷酷。

"你上坟去罢。"黄毛甩着头，走上一步。 说底下的话的时候，他每个字中断一下，同时节奏地在左手心里敲着右手的食指："她、葬、在、草、场、坝！"

魏海清的脸转成青灰。 他闭起眼睛，仿佛凝想了一下他的生活，仿佛下了一个艰巨的决心向缠绕着他的什么东西辞别。 他遇到在世界上他最怕的东西了。 这就是黄毛，这就是殿堂里的这种兽性的紧张。 但他的本能鼓跃他向前。

"你们害死一个女人……卖她！ 我看着你的下场！"他用闷住的声音回答。

"看着，对！ 我该你妈十块钱你要不要！"黄毛愤怒地颤抖，狂妄地张开手臂，"十块钱一个老，她也葬在草场坝。"……他在脸前拍手，像拍到一个蚊子似的。 他的声音波动，失去了它的强旺和平稳。"你上坟去，有油舐。 ……"

魏海清立意先下手，破裂这根难堪地紧张着的弦。 但他不能从站立的地方移动。 他向四面张望，眼眼里闪出困苦的、绝望的黑光。 他吼叫了一声。 黄毛扑上来了。

殿堂里的妇人们奔近来又恐惧地逃开去，发出难于理解的尖叫。 一个老妇人在供桌被翻倒的时候给打伤了脚，在地上爬滚哭喊，好久不知道怎样才能逃开去。 竹凳跳过空中，蜡烛和烛叉横飞，生锈的铁香炉猛烈地颤抖，最后从香板上跌下来，摔在地上。 在火辣的烟雾里，两匹野兽互相追逐，挥着拳头，闪着流血的、青灰色的脸。

当舞龙的青年们和别的一些男人拥进院落来的时候，殴斗已处于绝望的境地，无法接近，无法排解了。起初，两个人还互相咒骂，希望用咒骂来占去殴打的工夫，但现在已完全沉默。只彼此用眼睛里的血腥的光相望，渴望着对方的生命。他们奔突、旋转、冲击、撕破脸上的皮肉，彼此努力不让对方抓住，而渴想抓住对方。

咆哮又起来。一瞬间，两个人各抓住一片从对方衣服上撕下来的破片，躬着身躯，隔着被推倒的桌子互相交换了疯狂的一瞥。

四只眼睛移开去的时候，同时发现了殿角的那曾用来灼死郭素娥的火铲，于是，它们突然在血污的额下明亮，爆射出黑色的、狞恶的、欢乐的光焰。

"不要给他抢到，魏海清！"殿门口的人拥进来，努力迫近，一个壮年的声音叫。

"嗤……拉开他们，狗黄毛！"老郑毛在人丛中间挤着，挥着手臂。他喘气，向周围所有的人发怒。显然，他刚刚偶然走到这里。

"哎呀……好惨，"一个农妇尖叫，"他们——打——死——了呀……"她啼哭，掩住脸。

但正在这些吆喝发出来的时候，两个人已经同时向火铲奔去。在中途，魏海清因为急迫，在一张四脚朝天的凳子上绊倒了。黄毛夺到了武器。

三个青年，那长工也在内，在这之间绕着圈子奔了过去。 人群里滚过一阵失望的、恐惧的、痛苦的呼喊。 火铲发出沉闷的残忍的声音，击在正在挣扎爬起的魏海清的脑门上，同时也从黄毛手里震落；在殿门这里，一个小竹凳从郑毛手里猛力地摔了过去，击中了黄毛的脸。 跟跄欲倒的黄毛被一个阔肩的青年从背后抱住。

"捆他起来！"老郑毛吼叫，敏捷地解下了有四尺长的布裤带，把裤腰卷好。 在他的发绿的左腮上，那一丛微褐的长毛映成黑色战栗着。 人围拢去，察看着血泊里的软软的魏海清。 青年的猛烈的拳头落在黄毛的从灰色破衣下赤裸出来的、生着稀疏的黄毛的胸膛上。

"他作恶为歹，占镇公所的势。 你们见死不救！"郑毛发怒，磕响着结实的大黄牙。

沉默。

"他强奸了十几个女人！"

"天哪天哪！"女人的惨厉的声音，她舞手，跺脚，"整死他！"

黄毛迷糊地睁开黏血的眼皮，一种眩晕的、无人性的笑哭一般地在他脸上爬过。 他向人吐口沫，痛恶地用含血的嘴嘶声叫：

"黄毛生来吃人，从来不怕！ 你们打死——他？"

"陆保长，人命案子！"一个青年从人丛中伸直脖子，眼睛奇特地放亮，向走进殿门来的陆福生压迫地嚷。 人群的骚扰低抑了下去。

"什么……什么？"保长问，用一种微弱的大声，一面向四面窥探，仿佛他另有目的，为了这个在这里里达不到的目的，他的装出失望的神情来的眼睛表示，他即将走开。

"打死人了！""黄毛……"

陆福生的脸收缩，左腮不住地发颤。他走近，骇异地观看。

"陆保长，你，陆保长……"黄毛抬头望他，声音突然颤抖，无力，含着失望，"我看这事，我要声明……"他在青年的手臂里挣扎。

"你要声明……"保长转开脸，不看他，露出恐惧的神情，"人命案子，要县里才办得了！"

"要县里？……公所不行么？"黄毛说，怯弱地战栗着嘴唇，眼睛里涌出了大粒的泪珠，"我……"

"诸位，我去报告镇公所！"保长用空洞的声音叫，低下眉毛，不看人群。

"镇公所有花头，我们自己报县！"郑毛坚决地抗议。

"陆福生是混蛋！"人丛里吼。

"他们要串通！"

走向殿门去的陆福生突然转身，下了决心似的向火辣的群众凝视，用闷住的，难堪而残忍的尖声叫，指划着手：

"我陆福生决不如此，各位。"（他的眼睛里含着卑微的乞求）"这是冤仇，我知道底细。"他努力说，"黄毛要除掉！"

"狗肏陆福生，你变种！"黄毛重新恶叫，"老子帮你弄那个女人……他那个女人是骗来的呀，人家的老婆呀！"

陆福生张嘴，想叫喊，但是终于转身逃开去了。

"你们全是混蛋！你们霸占庙产，骗兵捐，卖女人……"

"打扁他的嘴！"

"你们亲眼看见！"黄毛仇恶地顽抗。

"我看见……"从殿角传来已经恶意地观望了好久的刘寿春的哭泣一般的号叫。他躬着破烂的小身躯，舞着手臂，昏迷地、急剧地冲过来，挤进人丛，瞪大眼睛望着在血泊里抽搐的魏海清。

"鸡蛋……魏海清，你要死了呀！"他叫，眼睛里迟钝地闪过疯狂的恐怖。"我看你这个狗黄毛，"他奔向黄毛，揪住他的衣服，"我看见，你奸死我那女人，我那可怜的……"他裂开嘴，大声号哭，击打着黄毛的脸颊。黄毛徒然地躲闪着，吐口沫。

"我，我担当！"黄毛凶横地眨眼，发出破碎的声音，"起先你们要卖她，卖给那个大……你们烧死……有陆福生！"他喘息，多量混血的唾液从嘴角垂了下来。

人群严肃地沉默，为这意外的供述所骇异，做着兴奋的思索。但一瞬间之后，又爆发了愤怒的、深沉的、痛苦的呼喊。

"揍死他！"

老郑毛鹰一般地张开手臂，粗大的拳头击在黄毛的鼻子上。

这时候，魏海清苏醒，撕去了包在他破碎的头颅上的血布，在地上痉挛，用胛肘和膝盖爬行。

"包好他的头，不能叫他动！"一个妇人急叫，四面找寻帮手。

魏海清垂下头，向地上流注着深红的热血。 从齿缝里，他喷着灼热的呼吸，无声地、痛苦地哭泣着。 最后，手断折了似的向外撇开，发出骨头碎裂的声音，他又倒到地上。 郑毛轻轻跨向他，屏住呼吸。 两个妇人，一个年老的，一个年少的——尤其在那年少的丰满的苍白的脸上呈显着不可侵犯的、有教养的庄严，弯腰向他，接了一个青年抛过来的白帕子，重新替他包裹头颅。

"魏海清！"老郑毛喊，声音深沉，"魏海清！"

魏海清在妇人的手底下睁开昏狂的、染血的眼睛。 老郑毛俯腰，眉毛和手指战栗。

"魏海清！"

"你的女人死得早，好苦啊！"年老的妇人说，揩眼睛。年少的一个可怕地严峻起来，脸变得尖削。

"魏海清！"老郑毛吹气，喷着鼻涕。 他的老眼充血，被泪水湿润了。

"哦……呜……郑毛！"魏海清微弱地回答，嘴唇作着狂喜的歪曲，"你来了。 你看见了，郑毛……我悔……"他的手指在地上抓着泥污，"记挂小冲，让他去上工……"

"办得到！"

十五

穿中山服，眼睛烟黄而细小，两颊松弛的矮镇长带着四名壮丁走了进来，仔细地讯问了事情的始末，然后以不可侵犯的下了大决心的神情向人群声明，这事情非到县里去办不可。 于是，捆走了黄毛，抬起了魏海清。 魏海清被抬出庙门的时候就死去了。

以后的事情是，黄毛判了十年徒刑；因为没有亲人领尸，魏海清就以公款安葬。 在举行简单的葬仪的那个明亮的春天下午，郑毛、长工、魏海清的儿子小冲，都到了场。

已经到了在西方不远的蓝紫色的五里山上闪耀着落日的金光的微寒的黄昏。 人从张飞庙里散出来，向进行节日的场上去。 青年们擎起了龙，起初严酷地沉默，接着开始叹息，谈魏海清，最后便恢复了正常的喧嚣。

乡民们从荒僻的山里来，沿着狭窄的田垅去，在水田的白色的、沉静的积水里，映着他们的兴奋的、愉快的、蓝色和红色的影子。 在街上，人拥簇在一起，闪着烟火的红光，向亲戚致候，高声议论。 女人们谈难解的郭素娥，男人们交换着对于魏海清的意见，在等待龙的行列出现的时候，有足够的时间让他们聚拢情绪，想起往昔的、他们曾在各种处境里度过的十几个或者几十个节日来。 龙将要在焰火里飞舞，像往年一样；年轻人将要被绅粮的火爆烧焦皮肤，愉快地高喊，然后喝完所有的酒，像往年一样；像往年一样，许多人死去，流徙开去了，刚刚成长的年轻人阔步加了进来；像往年一样，有的女人要触景生情，躲在破棚屋里啼哭，有的女人要打扮得异常妖冶，向年轻的绅粮递媚眼。 在固定的节日，人们有着不同的命运。

烟雾滚腾到屋檐上。 火爆到处发响，被孩子们掷到空中，因为没有空隙落下去，便在人们的肩膀上爆炸，引起咒骂。 三个女人在街角里谈论郭素娥，其中的有胖而白皙的脸庞的一个，因为把自己的对于节日的感动误认作完全属于郭素娥，便快乐地诉说着自己的同情，流下泪来。

"我们不谈这些不谈这些……今天打得那么凶，怎么人不救呀！ ……"最后，她负疚地笑，抚摩着自己孩子的干净的头顶，向丈夫追去。

龙出现了。 它在人群上颠簸，摇摆着它的已经被挤毁一半的巨大的头。 在它前面，火灯笼引导着，上面写着暗红色的方体字：

"五里镇老黄龙。"

另外几条出现在街道的另一端。 看不见灯笼上的番号。

"空柳的来了呀，后面那一条！"

"大家使劲，啊喝！"

　　龙旋舞了起来，火花嘶嘶发响，向街心美丽地进射了过去，人群被冲击到屋檐下。那些手里高擎着火花筒的衣着堂皇的年轻的绅粮，他们的面色严峻，仿佛并没有节日的欢乐；仿佛他们所以要向舞龙的赤膊的年轻人喷射火花，只不过尽一尽与自己的地位相称的法官执刑似的义务而已。露出洁白的牙齿，眼睛在火花的强光里眯细，他们的整个的脸部有一种冷淡的，甚至残酷的表情，仿佛舞龙的人果真是他们的仇敌似的。但那些年轻人，他们的心就像他们的赤裸的胸膛一样，却并不曾注意到这个。他们只是注意自己，逐渐陶醉。以一种昂奋的，不知疲劳的大力，他们使自己的龙迎着另一条在身边的空中疯狂地旋绕。他们高叫，善意地咒骂，在地上跳脚抖落灼人的火星。于是，在火花的狂乱交织的白色的壮丽的光焰里，龙的大破布条带着醉人的，令人抛掷自己的轰响急速地狂舞起来了。那残破的龙头奋迅地升上去，似乎带着一种巨大的焦渴，一种甜蜜的狂喜在沉默地发笑！哦，它似乎就要突然脱离木杆，脱离白色的焰火和群众的轰闹飞升到黑暗而深邃的高空里去，把自己舞得迸裂！

　　……一直到十二点，人们才逐渐散去。在凉风吹拂着的黑暗的田野里，人们疲劳地走着，又开始谈及每年过年都要发生的不幸，谈及郭素娥，小屋的火灾，和魏海清。但谈话兴奋不起来，它以叹息结束。郭素娥的事是去年的事，去年过去了。它将和前年的事，大前年的事放置在一起，传为以后训戒儿孙的故事或茶馆里的谈资；它将在夏天的多蚊蚋的夜晚，当人们苦重地劳动以后，由一个喜爱说话的女人增加一些装饰复述出来，使整个的院落充满情欲、咒骂，和感慨自己幸而没有堕落的叹息。

几朵火把的猩红的光焰在山峡的黑暗里摇闪，迟缓地隐没在林丛背后。

最后，两个青年的黑影从镇口的菜场出来，在草坡上的石碑旁站住。其中的一个向草坡下摔去烟蒂，用说服的大声叫：

"哪里，你喝醉了！"

"哪里。……你知道魏海清想那女人想了好几年么？"后一个用泄漏秘密的口气说，但违反本意，他的声音是响朗的。

这是刘寿春的堂侄，今天舞老龙的长工。"我们坐一坐。老弟，我做了怎样倒霉的事啊！"他的声音朦胧而奋激，"我悔我上了当……"

"你喝醉了。回家去。"另一个说，但显然的，他也并不像自己的声音那样坚持。

"不。我今天臂膊烫破了。魏海清想那女人，所以怀恨。他是一个厚道人。……就是这样，打死了。黄毛是恶性的。"

"郑毛哪里去了？"

"跟到镇公所作证，闹了好久，转去了。说是要到县里去探底细。"

"郑毛偷媳妇。……"另一个说，怪异地笑，一面坐在草地上点烟。"你抽。"他笨拙地递烟给长工。

"今天真是想不到，魏海清就死了。"长工说，望着奔驰着黑云的队伍的天空，不变声调，"他少跟人家闹的。这半年变些，耐不住。"

"死了也痛快，这些日子，……好吧，我就要入队，当壮丁，到下江去打仗。……我今年二十一岁……明年我不得在家过年了。"他放低声音，努力地冷笑了一声。"吓吓，什么时候才回来！"他叫。

"在家里也没得好蹲头，一个人总要在外面跑。"

"对的。当兵我一些也不在乎。只要有得吃，有指望，哪些不好，强于在家里遭瘟。瘟呀！"他举起手臂，在变得潮湿起来的空中使力地划了一个大圈，"没田没地，没钱做生意，没得老婆没得……"

"我也要去。"长工性急地截断他。

"哪里去。"

"……我要去做工。"

"堂客也带上？"

"哎——过日子艰难，物价涨，米谷贵，你自然比我轻多了。"长工停顿叹息，"哪个问黎民疾苦呢？把人烧死，奸死，打死，卖掉……这一批狗种！……"他咬牙切齿，"我倒了多大的霉啊！魏海清怕还要怨我呢。"

"那女人也不好。"这一个说，突然下决心站起来。

"哪个又好些？"

"走吧。 你喝多了。"

"没有。 天怕要落雨。 ……"

"他要是死在战场……"这青年人说，指魏海清，"倒划算些。 ……唉，走吧。"他急躁地说，在黑暗里皱起脸。

"看不见星星。 我们赶上那个火把。"长工突然站起，指着张飞庙侧面的一朵火把的进射着火星的光焰。"赶上它。它一定也到弯里去。 快些。"他向自己催促。

春天真的到来了。 在农历二月初旬，有过一次持续了三天的气候的骤然的转变，意外的寒冷侵袭着峡谷，使人们重新翻出了脏污的冬衣，但随后天气便又突然辉煌，明亮，和煦了起来。 太阳每天确切地从山谷左边升起，射出逐渐强烈的白光。 在峡谷上空高远地行走过去的白云，是轻淡而透明的。 鹞鹰在云片下停翅，傲慢地凝视峡谷，然后猛然高飞，没入云片里。 从山谷的年轻的怀抱里，槐花的幽暗而强烈的香气向工厂飘过来，充满引诱。 地主的庄园里有橘柑花的暖香在蒸腾，桑树叶油绿。 在工厂水池畔的土堰上，柳枝丰满了。 芙蓉开始含苞。 芙蓉丛后面的水田里，鸭子们成天吼叫，追逐伴侣。

工人的老婆在水浅的堰塘里用篾篓捕鱼。 她们高卷衣袖，把手臂浸在水里，用赤裸的、强壮的腿在泥水中跃走，一面彼此愉快地泼水，尖叫。 从山坡上，男人们的粗野的、放肆的笑声掷了下来。 爬上坡顶的时候，他们唱着女人的

歌。······

在机器房里，电灯一直亮到深夜，马达咆哮，油烟滚腾，人们在赶做又一次的火车头包工。

魏海清葬后，小冲，如他所渴求的，被送到窑子里上工，管理风门，拿三块半钱一天去了。因为父亲的死，他哭泣了一次。

但这哭泣是凶横的、愤怒的，他捶打跑来安慰他的老郑毛，把凳子踢翻。此后，他便充满兴趣去上工，和小伙伴打架，晚上回来住在老郑毛床边的地上。他剃光了头，脸部长得浑圆。在肮脏的眼眶里，他的突出的小眼球闪着惊愕的、戒备的光。

在这孩子的早熟的容颜上，时常呈显出不正常的狂喜和难于理解的对一切的敌意。他酷爱窥探一切秘密，已经知道了很多工人男女间的猥亵的故事。······

在一天早晨，在一个太阳特别荣耀地升起，每一个人都用大声说着并无特别的意义的话，甚至想高喊的早晨，带着他的年轻，丰腴，一向忧戚的面孔因新奇的环境而活泼，穿着起皱的蓝布衣的女人，那瘦长，面孔俊秀的年轻的长工，刘寿春的堂侄，来到矿区里了。用乡里人赶路的方法，他们是二更的时候就离开五里场的。

年轻的夫妇脸上淋着汗，男的卖力地担着篾箩，前面是一口旧锅，几只碗，后面是一床红花的沾着煤污的（这是在经过煤场的时候被弄脏的）刚刚洗过的旧被盖。在女的所艰难地背负着的箩兜里，放置着日常的农民衣服。 当男的用兴奋而严峻的脸望向蹒跚行走的女的的时候，女的，回答他的"你背得动吗？"的目光，摇一摇手，皱起淡黑的短眉，仿佛说："我自己有数，不要管我！"

他到土木股里来当里工了。 介绍的是老郑毛。 老婆是顺从的，生命力强旺的女人，为了离开她的可留恋的五里场，她独自向她的妹妹哭了一次，但丈夫的暴躁的坚决，使她和眼泪一同充满了新的意向。 她向她的和蔼的、未出嫁的妹妹说：

"那里也一样过生活。 一种不同的生活……他说，我们每个月都可以拿到钱。 不愁年岁……"

老郑毛从山坡上迎下来，身后跟着魏海清的儿子小冲。

"你……来了！"他低沉地说，站住，仿佛吃惊他真的会来。

长工严肃地笑，不自然地看一看脸颊红润，眼光乞求的女人。

"我来了！"他大声回答。

小冲跨到郑毛前面，望着年轻的夫妇，像在考验他们是否合他的意。

"那就成，带他去报工！"他老练地说，挥动手臂。

郑毛的多皱纹的、憔悴的太阳穴在阳光下战栗着。 战栗停止，他的脸变得洗练而坚决。 腮上的黑毛异样地发亮。

"成。 你们先把家伙，"他说，咂嘴，迅速地瞥了一眼他们的行李，"放在我那里，以后要分宿舍，得出一些租。"

"得租吗？"女人嘶哑地说，放下箩兜，望丈夫。

"你们是有家眷的。 就是这个规矩。"小冲痛恨地叫，在这一点上，他像他父亲。

走进老郑毛所住的宿舍，观察了虽然给人的感觉全然两样，却也并不比自己的佃来的棚屋坏多少的房子，而且被丈夫的突然的温和所安慰，年轻的女人又竭力在老人和小人面前做出活泼的面容来。 她谈话，问老郑毛伙食怎样，夸赞小冲的结实，最后挥着手，脸红地宣说要老人和小人以后都在她家里搭伙食。

"你家里！"郑毛弯着阔腰，用老年人的低声说，脸上浮起愉快的、讽刺的笑。

"你今年好大？"长工问小冲。

"哼哼，不比你们吃的盐巴少！"小冲喊叫。

"你想爹？"

"不想。"思索了一下之后，小冲回答。

"他一点也不像他爹，一点也不像……只有一丁点像……不，小冲，他不像，是不是？"妇人转向丈夫，又望望自己的堆在郑毛床上的行李，眼睛里浮上了晶亮的泪珠，"哦，他要行些呀！"他们就要和面前的这顽健的老人与结实的小人一同开始他们的新生活了。 他们就要投入这不可思议的、庞大的劳动世界里去了。 在她的含泪的单纯的眼睛里，她看见死去的魏海清和郭素娥，她丈夫的强壮的手臂和坚持，冷淡的面容，她自己的善良的心地和污黑的窗洞外的辉煌的天空。"我们会好些的。"她想。

第二天，年轻人开始上工了。

"原始强力"的张扬到叙意义结构的营造

路翎小说略谈

吴义勤

　　作为"七月派"作家的代表，路翎的文学创作可以分为三个阶段：前期从他开始发表作品至 1949 年，为其个人风格的形成期和创作的黄金期，执着于人物心理探索，呈现生命意志的"原始强力"；中期为 1949 年至 1955 年，可以称作其创作的转型期，这个时期虽然语言变得更加浅显和生活化，书写题材也发生了变化，但仍注重人物心理刻画，呈现人性的丰富与复杂；20 世纪 80 年代路翎平反后，他又重新拿起笔创作了大量作品，构成了其后期创作阶段，但思想性和艺术性都不如前期和中期的创作。《饥饿的郭素娥》和《洼地上的"战役"》作为路翎前期与中期中篇小说的代表，集中体现了其两个时期的不同风格，也都具有独到的艺术特色。

　　《饥饿的郭素娥》作于 1942 年，是路翎的成名作，也是其创作前期的中篇小说代表作，书写了抗战时期矿区工厂和乡村底层人物富于"原始强力"的生与死。路翎受胡风书写精神奴役创伤理论的影响，在小说中揭示了底层人物所遭受的多重压迫。其中包括封建伦理秩序的压迫，整个社会因战争而来的例外状态也是一种殖民主义的压迫，工厂的机器大生产也成为一种现代性的压迫。这多重的力的结合与对苦难的巴洛克式展示，构成了一个独特的民族寓言；对这多重压迫的反抗，也放大了主人公们的"原始强力"。这种路翎着意表现的"原始强力"，与尼采的权力意志颇多相似之处。郭素娥面对生活多重的压迫始终坚持对自己生命的掌控；她的生命意志通过不断的反抗，成为一种权力意志。张振山面对总管马华甫的压榨和威胁，从未流露出顺从甚至谦逊，而是据理力争，一步不让，呈现出一种顽强的权力意志。魏海清与黄毛的生死搏斗也显示了他未泯的权力意志。

这些人物反抗失败的原因和其所属的阶级有着内在的联系，路翎的书写体现了强烈的底层关怀或阶级关怀倾向。这是路翎小说和左翼文学共通之处。但路翎的书写更具异质性和创造性。通过对人物的心理书写，路翎呈现了欲望的误识性和意志的普遍性，也写出了人物情感与理智、潜意识与意识之间的对抗与挣扎，形成了巴赫金所谓的双声话语。而小说中权力意志呈现出轮回的特征，又有尼采式的永恒轮回之义。这种永恒轮回在个体悲剧中增加了更多积极的色彩。因为它是对在绝望中抗争的肯定，也是对国人在精神奴役中不屈的权力意志的肯定。

路翎在前期创作中，还写出了《蜗牛在荆棘上》等许多中短篇小说，塑造了矿工、知识分子、具有流浪汉气质的人物等一系列形象，注重挖掘人物内心世界的"原始强力"和社会内蕴的深度。 但如《饥饿的郭素娥》一样，其欧化的、知识化的语言和沉郁的叙事节奏对小说叙事的流畅度有所影响。

1949 年以后，为了适应一体化的文艺政策，路翎改变了自己的写作题材和表现手法，以浅显的生活化的语言叙述积极的性格和新的生命，写出了《朱桂花的故事》等多篇小说。 1952 年，路翎深入到朝鲜前线，回国后陆续写下了一批志愿军题材小说。《洼地上的"战役"》就是其中的代表作，也是路翎新中国成立后水平最高的中篇小说。《洼地上的"战役"》在叙事上，路翎用提喻代替了以往叙事的铺张，以罗曼司代替了沉痛的悲剧，对人物的心理书写也基本变成叙述者的间接阐释。 虽然风格上发生了较大的变化，但他依然试图以丰富细腻的心理描写增加人物的深度，甚至用双声话语来呈现人物的矛盾，使小说具有复调意味。

在情节结构上，小说设立了两组二元对立，即爱情与纪律的对立冲突，爱情与战争的对立冲突，并呈现了前一组二元对立向后一组二元对立的转化。 路翎用第三人称有限视点的内聚焦来完成这种书写。 虽然这种内聚焦并没有对王应洪和王顺的心理进行完整的呈现，但仍然具有复调意味，仍能看到其矛盾之处，也构成了一种双声话语。 正是对王顺复杂心理的呈现，暴露了他潜意识中对二元对立转换的推动，使小说的主题脱离了创作者的控制，产生了更大的解读空间。这样小说就产生了三个意义层面的能指。 第一层面是呈现志愿军战士情感的丰富和人性的深度，歌颂志愿军战士的可爱，塑造能够打动人心的英雄；第二个层面是通过战争对爱情与人的毁灭，对战争进行否定；第三个层面是通过小说隐含矛盾来体现的，那似乎已被转移并解决的二元对立，即象征个体自由的爱情与集体纪律之间的对立，仍然在小说的意义阈限中。 路翎因为小说多层次的意义结构和丰富的解读空间受到了批判，但小说也因为这种丰富的内涵，具有了超时代的艺术价值。

作为路翎前期写作风格的代表，《饥饿的郭素娥》以复杂的油画般的浓墨重彩建构了一个民族寓言；以复调式的心理书写，塑造了矛盾复杂的人物，也表现出了生命意志或权力意志的"原始强力"；以轮回式的情节，给予权力意志的"原始强力"以尼采永恒轮回式的肯定。 而作为路翎 1949 年后小说的代表，《洼地上的"战役"》语言走向浅易，但仍执着于刻画人性的丰富与复杂，注重人物的独立性，也保持了主题的开放性，因为其巨大的阐释空间拥有了穿透历史的价值，成为"十七年文学"的重要收获。

图书在版编目（CIP）数据

　　饥饿的郭素娥/路翎著；吴义勤主编. --郑州：河南文艺出版社，2021.9
　　（百年中篇小说名家经典／何向阳总主编）
　　ISBN 978-7-5559-1130-2

　　Ⅰ.①饥… Ⅱ.①路…②吴… Ⅲ.①中篇小说-小说集-中国-现代 Ⅳ.①I246.5

中国版本图书馆 CIP 数据核字（2021）第 156160 号

丛书策划　陈　杰　杨彦玲

本书策划　王　宁　　　　　责任校对　梁　晓

责任编辑　王　宁　　　　　责任印制　陈少强

丛书统筹　李亚楠　　　　　书籍设计　书籍/设计/工坊　刘运来工作室

饥饿的郭素娥
JI'E DE GUO SU'E

出版发行　河南文艺出版社
本社地址　郑州市郑东新区祥盛街 27 号 C 座 5 楼
承印单位　河南瑞之光印刷股份有限公司
经销单位　新华书店
开　　本　787 毫米×1092 毫米　1/32
印　　张　7.25
字　　数　135 000
版　　次　2021 年 9 月第 1 版
印　　次　2021 年 9 月第 1 次印刷
定　　价　35.00 元